KB234595

주한미군 한국생활 체험수기 Ⅲ
Essay by the American Soldiers in Korea Ⅲ

한미친선군민협의회 창립 30주년

같이 갑시다

We Go Together

社團法人 韓美親善軍民協議會
KOREA CORPORATE MEMBERS OF AUSA

같이 갑시다

지은이   효준 하워드 리 하사 외
편집인   사단법인 한미친선군민협의회

1판 1쇄 인쇄   2011년 10월 5일
1판 1쇄 발행   2011년 10월 10일

발행인   김범수
발행처   문무사
서울시 중구 을지로 3가 95-12 천이빌딩 302호
전화: (02) 2272-6146 / 팩시밀리: (02) 2272-6145
E-mail: munmu@hananet.net

등록번호   제 201-00154호
등록일자   1978년 10월 23일

ⓒ2011. Munmu Publications

값 14,000원

ISBN 978-89-86009-29-3   03800

같이 갑시다

We Go Together

발간사

지난 1994년 시작한 주한미군의 체험수기 공모도 어느덧 17회를 맞이하게 되었습니다. 그동안 총 1,360여 편의 수기가 접수되었고, 우수작으로 102편이 선정되었습니다.

수상작만을 모아 2001년에 제1집 《우정의 50년》을 발간하였고, 2007년에는 제2집으로 《우리는 좋은 이웃》을, 그리고 2007년부터 2010년까지의 수상작만을 모은 제3집 《같이 갑시다》의 출간을 이번에 보게 된 것입니다.

17년이라는 길지 않은 기간이었지만 체험수기의 내용을 보면서, 새로 부임해 오는 미군 병사들의 마음가짐이나 한국에 대한 인상, 한국 친구들과의 교우 관계가 조금씩 변화해 가고 있다는 것을 느낄 수 있었습니다.

10여년 전 처음 부임해 오는 병사들은 한국에 대한 호기심보다는 미지의 나라에 대한 일종의 불안감을 솔직하게 토로하는 사람들이 더러 있었습니다. 또, 어떤 병사는 한국근무 365일을 달력에서 하루 하루 지우며 생활했다는 솔직한 술회도 있었습니다. 그러나 세월이 흐르면서 병사들의 태도는 열린 마음으로 더 많은 한국을 경험하고, 한국친구들과도 깊은 우의를 가지려는 적극적인 태도로 변해 가고 있었습니다. 그러나 변치 않는 흐름이 있었으니 그것은 한국에 대한 신뢰와 한미동맹의 중요성 입니다.

그동안 주한 미군은 한국 근무기간을 1년에서 3년으로 늘리고 가족 동반을 허용하는 한편, 한반도 안보와 한미동맹의 중요성을 강조하는 정책으로 '같이 갑시다 (We go together)' 운동을 꾸준히 펴 왔습니다. 미군병사들의 한국에 대한 태도변화도 이러한 일련의 노력의 결과라고 생각하며 한미 결속을 위한 미군 지휘부의 여러 가지 조취와 노력에 재삼 깊은 경의를 표합니다.

역사는 기록입니다. 주한미군수기가 지극히 작은 한미관계의 한 단면에 불과하겠지만 제1집으로부터 제3집까지를 모아 놓으면 훌륭한 역사가 되리라고 생각합니다.

협의회 창립 30주년을 기념하는 《같이 갑시다》 출간을 기쁘게 생각하며, 수기 심사를 위해 수고해 주신 메릴랜드대의 한국분교 교수님들과 출간 관계자들의 노고에 감사드립니다. 특히 이번 단행본 발간이 가능하도록 후원을 해주신 GS 칼텍스에 진심으로 감사드립니다.

박 정 기

한미친선군민협의회 회장

Editorial

We began this essay contest — Life in Korea — 17 years ago in 1994. Wonderful and beautiful stories have been coming in from a total of 1,360 soldiers. Essays written by 102 US Army soldiers were particularly noteworthy, touching the hearts and resonating in the minds of our readers.

The *Special Collections* of these were compiled to be published in a book form. Special Collections I, titled *50 Years of Friendship*, saw the light in 2001. Second edition, *We Are Good Neighbors*, succeeded in 2007. This third edition, *We Go Together*, is a proof that we are marching on and would never quit.

The writers are saying what they are thinking about. We, the readers, are the beneficiaries of their thoughts — We learn what we should think about. And there is an extra bonus — we can collectively see how their thought are changing from time to time.

Soldiers who came to Korea 10 years ago wrote little about their curiosity about Korea. They would rather talk about their anxiety over the heretofore unknown country. A soldier noted that his Korean daily life ended with an X-mark on the date in the calendar. As time went by, however, we saw soldiers becoming more confident, positive, and open-minded. They talked about what they really found out about Korea. They also talked about their Korean friends. We are fortunate and grateful that NO one doubted the importance of American-Korean alliance and mutual trust shared by the American and Korean people.

We should all thank the leaders of the US Army in Korea. They made the short one-year Korean tour to become three-year accompanied tour as a matter of policy. They emphasized the strategic significance of the American-Korean alliance as expressed in *"We Go Together."*

We are all a part and product of history. The Special Collections I was only a tiny piece of history. With this *Third Edition*, we are making our history a little bigger and richer.

We thank the professors of the University of Maryland who reviewed the essays and the GS Caltex Corporation which sponsored this publication.

Jung-Ki Park
President, Korea Corporate Members of AUSA

추천사

　한반도에 근무하고 있는 미군 장병들과 군인가족들, 그리고 카투사들이 기고한 글들을 이렇게 한데 모아 편찬한 수필집을 제가 소개할 수 있게 되어 매우 기쁘게 생각합니다.

　한미친선군민협의회는 1994년부터 수필 공모 행사를 후원해 왔습니다. 이 글들은 대한민국과 미합중국 간의 공고한 관계를 보여주는 좋은 예였으며, 자유의 최전선에서 자유를 수호하기 위한 장병들의 생생한 증언을 잘 전달해 주고 있습니다.

　이 수필집에 기고한 미 장병들과 군인가족들, 그리고 카투사 장병들에게도 또한 감사드리며, 그들의 한반도 내에서의 평화와 동북아시아 지역의 안정을 위한 끊임없는 헌신과 노고를 치하하고 싶습니다.

　이러한 수필 경연 대회는 한미친선근민협의회가 장병들과 군인가족들을 지원하기 위해 개최하는 다양한 행사 중의 하나로, 이는 그들에게 값진 추억을 만들어 줍니다.

한미친선군민협의회는 한·미 간의 돈독한 우정을 더욱 강화시키는 촉매제 역할을 하며, 한국이 자발적으로 선택하여 복무하는 국가가 되고, 한미동맹을 전 세계에서 가장 공고한 동맹 중 하나로 만들어 주는 데 일조합니다.

이처럼 수필 경연 대회를 개최하고, 수필집을 편찬할 수 있게 후원해 주신 한미친선군민협의회의 관대함에 깊은 감사를 드립니다. 협의회의 장병들과 군인가족에 대한 헌신과 전념, 그리고 변함없는 지원은 저희 동맹을 더욱 강하게 할 것입니다.

또한 저희의 한국인 벗들과 동맹의 주역들에게도 감사를 표하고 싶습니다. 여러분들이 미 장병들에게 베풀어준 따뜻한 마음과 관대함, 그리고 환대는 장병들이 한국에서 좋은 기억만을 쌓고 본국으로 돌아갈 수 있게 해 주었습니다. 장병들의 추억과 감흥이 고스란히 이 수필집에 수록되어 있으며, 여러분들의 지속적인 지원이야말로 저희의 동맹 구호인 "같이 갑시다"를 진정으로 잘 보여주고 있다고 생각합니다.

같이 갑시다.

존 D. 존슨, 미육군 중장

Congratulatory Remarks

I am pleased to introduce this wonderful volume of essays by American Soldiers, KATUSAs and family members here in Korea.

The Korea Corporate Members of the Association of the U.S. Army have sponsored an essay contest since 1994. These essays exemplify the enduring relationship between the Republic of Korea and the United States of America - and this volume serves as a living testament to the men and women who defend liberty on Freedom's Frontier.

I thank each of the American Soldiers, KATUSAs and family members for not only participating in this essay contest but also for their continued contribution to security on the Korean Peninsula and stability in Northeast Asia.

This contest is one of the many activities that the Korea Corporate Members offer to support our Soldiers and their families and it provides some of the most lasting memories.

The Korea Corporate Members serve as a catalyst for increasing the friendship that makes Korea an assignment of choice and the ROK-U.S. Alliance one of the strongest alliance in the world.

I would like to graciously thank the Korea Corporate Members for sponsoring this contest and publishing this volume. Their dedication, commitment and support to our Soldiers and their families make our alliance stronger.

I also take pleasure in thanking our Korean friends and allies. The warmth, generosity and hospitality you provide to our Soldiers and their families fill their experience in Korea with fond and lasting memories. The great memories are reflected in the essays published in this volume. Your continued support personifies our alliance motto of "We go together!"
Katchi Kapshida!

LTG John D. Johnson
US Army

차례

The Korea in Me

SGT Hyo Joon Howard Lee
Admin KATUSA, 8th Army PAO

About a year and a half ago, I stepped off a flight from Indiana into Seoul. This was not the first time I found my way back to my homeland, but it was one of the very few. Although I was born in Korea, I soon found I was destined to spend my childhood, teenage and college years living in China, Europe and the United States. Because my family and I have been long time expatriates, we didn't really identify ourselves fully with most other Koreans. Because I didn't really live in Korea, I didn't know exactly what being Korean meant. It was only when I realized this I decided to go back to the land of my ancestors and do the patriotic duty of serving in the armed forces of Korea. The only other Koreans I encountered were other expatriates like me who long lost touch with their roots. I hoped that during my service I would discover more of Korea. Now a year and a half later, I learned what Korea was all about and therefore I found parts of myself to be a lot more Korean than I realized.

The first thing that struck me about Korea was the incredible fast pace of life. I have lived in some of the busiest metropolises in the world but nowhere have I seen such energy in the way things are conducted here. Long lines in Korea have a tendency to shrink very quickly whether it is at government offices or in a local convenience store. Fully cooked food in some restaurants takes no more than ten minutes and there are some places where I barely have time to wash my hands before my food arrives. Getting filled up at a gas station is a two minute extravaganza as the attendant juggles putting fuel in and attending to the bill. Even the pace of people walking down the street seems a little bit faster in down town Seoul than in down town Chicago. I personally found a brisker pace of pedestrian traffic to be more suited to my rapid walking style as I no longer felt like the only one in a rush. This way of living can be exhausting for some people but it does have its upside. For example, you can get more things done in a day. Back in the Netherlands, a trip to the bank and post office would require a whole afternoon. In Seoul, it can be done within an hour. It was not long before I adapted and enjoyed this fast pace of life and found it very thrilling. Something else that you readily notice about Korea is the efficiency of everything.

Most likely a product of the Korean fast paced life and "get-it-done" attitude, the people of Korea have little tolerance for things that slow them and others down. Almost everyone I encountered in every walk of life has been willing to work with other people to get things done, even on short notice. Even the government organizations were willing to cut the right corners for anyone who they felt needed a break. This was something that I realized I could very much get used to as it was such a refreshing change for someone who has experienced the sheer terror of bureaucracy and red tape that is so evident in most other parts of the world. The first time I really saw this in action was when I had to register my new address and bank accounts for my taxes. In most other countries, doing your taxes is an activity that you set a whole week aside for. In America, it took me two days to try and track down the right people to do my taxes, 2 days to track down all the paperwork that entailed my work and another day to fill in the correct boxes to ensure everything was in order. In Korea, I went to the local tax office with nothing but my driver's license but my advisor was able to cross reference the information to my bank, phone company and the Army enabling him to complete my taxes in 15 minutes. The bus ride to get there took longer.

Another aspect of Korea that impressed me away was the Korean people's strong desire to succeed. This is evidenced by Korea's rapid industrialization that catapulted it from one of the poorest countries in the world to one of the richest in half a century. I found that this desire is injected into most, if not all Korean children when they are young. Most children who live a plush expatriate life spent their childhood playing soccer, travelling and doing extracurricular activities. This, I soon learned, was not how a typical Korean child spends their youth. Even elementary school students take extra classes and spend the long hours into the night studying to go to top universities all over the world. This attitude toward excelling extends further into life as many Korean adults use their weekend mastering English and Mandarin. Even though I did not study ten hours a day in high school, I always felt a nagging need to be a tad better. I felt that I had something to prove and I wanted to succeed in everything that I tried. I now realize where that feeling came from.

I loved my life as an expatriate and maybe even at times enjoyed not identifying myself as a Korean but as a 'third culture kid'. But now as my Army career and my life in Korea is coming to a close and I look back at what I have seen, I must admit that I am a lot more Korean than I care to admit. I love to be efficient. That, coupled with my mania to do better for myself prompted me to study industrial engineering at a top engineering school. It almost seems weird how detached from Korea I thought I was. Now though, I see now that my longing for efficiency, desire to succeed; stems from the Korea in me.

내가 보는 한국

효준 하워드 리 하사
카투사, 미8군 홍보실

지금으로부터 약 1년 반 전, 나는 인디애나(Indiana)발 서울행 비행기를 타고 한국에 도착했다. 이번 귀국은 모국으로의 첫 방문은 아니었지만 겨우 손에 꼽을 수 있을 정도로 흔치 않은 경우였다. 나는 대한민국에서 태어났음에도 유년기, 청소년기, 그리고 대학생에 이르기까지 이제껏 중국, 유럽, 미국을 포함한 타국에서 보내며 성장해 왔다. 오랜 외국 생활을 해왔기에 나를 포함한 우리 가족은 다른 한국인들처럼 한국인으로서의 정체성을 거의 내색하지 못하고 살았다. 사실상 한국에서 살았던 적이 없던 만큼, 나는 '한국인'으로 살아간다는 것이 정확히 어떤 의미를 갖는지 알지 못했다. 그 탓에 나의 선조들의 고향이자 모국인 대한민국에서 국방의 의무를 져야 한다는 사실을 깨닫게 되고서야 나는 내가 대한민국 국민임을 실감할 수 있었다. 그 당시까지만 하더라도 내가 만났던 유일한 한국인들은 모두 나와 같이 이미 자신의 뿌리를 떠난 지 오래된 사람들이었다. 나는 군 복무를 통해 내 고국에 대해 더 많은 것을 발견하게 되길 바래왔다. 1년 반이 지난 지금 나는 한국사람으로 살아간다는 것이 어떤 의미인지 이해하게 되었으며, 내가 평소 생각했던 것과 달리 나 역시 뼛속부터 한국인이었음 또한 깨닫게 되었다.

고국에서의 생활을 시작하며 한국에 대해 느꼈던 강렬한 첫인상은 '굉장히 빠르다'는 것이었다. 나는 세계 각국의 대도시에서 생활해 보았지만, 서울에서만큼 강한 에너지를 느껴본 적이 없다. 관공서에서 동네 편의점에 이르기까지 그 어떤 상황과 장소를 불문하고, 길게 늘어선 줄들은 놀랍도록 빠른 속도로 줄어든다. 레스토랑에서는 주문 후 10분도 안 되어 식사가 제공되어 종종 손 씻을 시간조차 넉넉지 않다. 주유소 직원은 2분도 채 안 되는 시간 안에 주유와 계산을 모두 처리해 버리는 멋진 기행을 보여준다. 심지어 서울은 보행자들이 걷는 속도마저도 시카고 도심에 비해 빠르게 느껴졌다. 인파의 빠른 움직임은, 다른 나라들에서는 평소 혼자 허둥대는 듯한 느낌을 갖곤 했던 내게는 오히려 더욱 편안하게 느껴지기도 했다. 걸을 때조차도 서두르는 바쁜 일상은 분명 피곤해 보이겠지만 그만의 장점도 있다. 하루에 더 많은 일을 처리할 수 있다는 것이 그 점이다. 네덜란드에 살던 시절 은행과 우체국에 들렸다 집으로 돌아오려면 오후 반나절을 꼬박 보내야만 했지만 서울에서는 같은 일을 수행하기 위해 한 시간이면 족하다. 한국에서 생활을 시작한 지 얼마 지나지 않아 나는 이 빠른 걸음걸이에 완전히 익숙해졌으며, 이렇게 빨리빨리 살아가는 데 유쾌함과 일종의 감동까지 느낄 수 있었다.

　한국에서 지내다 보면 어떤 부분에서든 효율성이 매우 강조되고 있음을 역시 쉽게 깨달을 수 있다. 모든 일을 빠른 시일 내에, 또 철저하게 처리하려는 한국인들은 뒤쳐지는 요소들을 참지 못한다. 그 덕분에 한국에서 행정적인 일 처리를 부탁할 때면 사무원들의 유기적이고 신속한 도움을 받을 수 있었다. 이런 효율성은 심지어 관공서에서도 강조되고 있었다. 세계의 다른 나라들에서 관료주의와 형식주의의 명백한 부조리에 치를 떨어왔던 내게, 한국 사무실의 효율성은 다른 곳에서도 더욱 일반화되어야 하겠다고 느낄 정도로 신선한 충격이었다. 세금을 처리하기 위해 관공서에 갔던 경험은 앞서 말한 효율성의 차이를 직접적으로 비교할 수 있는 좋은 사례였다. 다른 나라의 경우 '세금처리'는 일주일이 꼬박 걸리는 번거로운 작업이다. 내가 미국에서 세금처리를 하려고 했을 때, 업무 담당자를 찾아서 연결이 되는 데까지만 2일이 걸렸고 서류들을 읽고 작업하는 데 2일이 더 걸렸으며, 서류의 순서 등에 이상이 없음을 확인하여 체크박스에 표시하는 데 또 다른 하루가 걸렸다. 하지만 한국에서 같은 작업을 수행하기 위해 근처 세무서에 들렀을 때 나는 운전면허증만 챙겨 가면 됐다. 이것만으로도 내 담당자는 은행, 통신사, 그리고 국군 쪽으로 연락을 취하고 내 정보를 넘겨받으며 세금처리를 15분에 완료해 주었다. 가는 데 소요된 버스시간이 오히려 더 길었을 정도다.

　사람들의 성공에 대한 강한 집념은 내가 한국에서 느꼈던 또 다른 충격이다. 대한민국이 급속도의 산업화를 통해 불과 반세기만에 가장 가난한 국가에서 가장 부유한 국가도 도약했다는 사실에서도 명백히 드러나듯 한국사람들은 어릴 적부터 성취욕이 각인되어 있는 것 같다. 외국에서 자라온 나 같은 아이들은 유년기를 또래들과의 놀이, 축구, 여행 등의 특별활동을 하며 보낸다. 허나 한국에서 성장한 친구들은 전혀 다른 환경에서 자라났다는 사실을 알게 되었다. 한국의 학생들은 초등학생 때부터 벌써 보충수업을 받으며 전 세계의 유수한 대학을 목표로 밤새 책과 씨름한다. 이렇게 자기계발을 하려는 마음가짐은 성인이 된 후에도 주말의 시간을 쪼개 영어나 중국어 등을 공부하는 등 생산적인 방향으로 유지된다. 비록 한국에서처럼 10시간씩 책을 붙들며 고등학교 시절을 보내진 않았지만 나는 관리와 질책이 스스로를 계발하는 데 도움이 된다고 생각해 왔다. 조금 더 잘하고 싶은 마음, 그 어떤 것에 도전하든지 나는 항상 최선을 다하면서, 완벽하게 해 낼 수 있음을 증명해 보이고 싶어했다. 이제 나는 이런 나의 성향이 어디서 온 것인지 잘 알 수 있다.

되돌아보면 나는 그 동안 여러 나라에서 두루 생활해야 하는 지금의 방랑자와 같은 삶을 즐겨왔다. 이는 그간 내가 내 자신을 '한국인'이라는 굴레에 가두기보다는 '제3의 사람'으로 내 마음대로 규정하려 해왔기 때문인지도 모른다. 하지만 군 복무가 끝나고 이에 맞추어 정든 고국을 다시 떠나야 하는 시점에 이르러 내 자신을 다시 한 번 돌아보며, 그 동안 잘 몰랐을 뿐 나 역시 어쩔 수 없는 한국인이었다는 것을 실감한다. 나는 매사에 효율성을 극대화하려 적극적으로 노력해 왔다. 이러한 특성은 자기관리를 철저히 하려는 내 성격과 적절히 맞물리며, 권위 있는 대학에서 기계공학을 수학할 기회를 가져다 주었다. 예전의 나는 내 자신이 한국인과는 다르다는 터무니없는 생각을 해 왔다. 하지만 이제는 내 효율성의 추구, 성공에 대한 집념이

어디에서 왔는지 또렷이 느낄 수 있다. 한국인의 피는 내 안에서도 뜨
겁게 끓고 있다.

Memories for a Lifetime

Denise Lima
Wife to USFK Soldier

I have been living in the city of Seoul, Korea for almost 18 months. I am an army wife supporting my husband at our first duty station in Yongsan army base. Living in Seoul as an army wife is more than just traveling back and forth between my home and the base.

Everyone desires to travel and see the world. I am one lucky person who at the age of 19 was introduced to the life in Korea. Before arriving to Korea all the comments I have ever heard always regarded the shopping experience I would enjoy. It was not until I arrived and saw for myself that this country had a lot more to offer besides filling up my closet.

Stepping off a bus, I saw people racing up the hill anxious to reach the wide entrance area. I saw an outline of figures only visible with the background of the dark sky. There were happy couples all around me sharing a view that left me speechless. Imagine a city large enough where all the lights twinkle in the night from a view high in the sky. That view is popularly known as Seoul tower. Once my husband and I reached the very top of the tower we had understood the beauty of this city. During the weekends I have traveled with in the city to an owl museum and learned the history of the woman who owns it. I also went to a rice cake museum where I was able to learn how to make my own rice cake with simple hot steam.

I have seen families enjoying their picnic on the ground at The Grand Children's Park. A park well known with no entrance fee that includes a large zoo with many different types of animals. These are only some of the places I have seen in this city, and the experiences were amazing.

The United States is known as a tossed salad of all different cultures. I was very surprised to see that in Korea there are all types of people from different countries as well. In Korea I have met people who love to live here. I have met people who came from Russia, the United states, Japan, Brazil, India and more. Before I was stationed in Korea I had no idea how diverse it was. In Korea I have experienced people who are intentionally nice to others with not expecting anything in return. From the moment I had arrived to Korea that was one of the first features I had noticed about this country. Koreans do not look at me and discriminate me. They are friendly people that I always see smiling or telling jokes and even complementing me. While living here, I have received all types of compliments from both men and women and all I could say to them is kamsahamnida over and over again. I have enjoyed the experience of having Koreans that come up to my table at a restaurant wanting to talk to Americans. I find it interesting meeting a complete stranger who already considers me as his friend buying drinks and enjoying the conversation.

I am in love with the food Korea has to offer. Anywhere I go I will find kimchi. I love spicy foods and love that Koreans do not hold back when it comes to adding some of those spices. My favorite dish is neck bone soup which is good to have on any cold day. Korea offers some of the best soups I have ever eaten. There is nothing like shopping in Korea all day and then going to eat foods that are sold in little stands, like enjoying what I call chicken on a stick. With all the food this country has to offer I would never go hungry. There are even foods served from all different countries. Sometimes I will go enjoy Brazilian food, or enjoy a Turkish Kebab. There are Mexican, Chinese, And Japanese restaurants all around the different cities, this country is very diverse. While on a vacation I traveled right outside the city of Seoul. I went to a festival in an open campsite and there were no buildings or malls nearby.

The people where enjoying the performances and foods created from all around the world. There was a huge dragon made by hand out of sticks that was the center of attention. There were people having fun, dancing, playing games and taking pictures.

I wish that everyone would take the time to visit and learn about Korea like I have. I know that I have not yet seen everything this country has to offer. I am happy to say that I have at least seen enough to have learned about a different culture besides my own. Korea is more than a place to go shopping and to important in our history to miss out on. Although the main reason I currently live here is because of the army the people of the United States need to see past the main busy street of Itaewon. Living in Korea is more than catching a taxi to your closest destination. Korea is about taking a moment to live in a different world. To live among other people and enjoy the country that is expanding rapidly. Korea has made its self diverse enough where anyone can come visit and enjoy the memories for a lifetime.

평생 남게 될 추억들

데니스 리마
주한미군 부인

한국의 서울이란 도시에서 살아온 것도 이제 거의 18달이 다 되어 간다. 나는 첫 근무지인 용산 미군부대에서 근무하고 있는 남편을 내조하는 아내다. 군인의 아내로서 서울에 사는 것은 집과 기지를 오가는 것 이상의 의미를 가진다.

모든 사람들은 여행하며 세상을 보길 바란다. 나는 19살이란 나이에 한국 생활을 하게 된 행운아다. 한국에 오기 전에 들은 이야기는 고작 한국에서 즐길 쇼핑에 관한 것이었다. 이 나라에 도착하고 나서야 나는 이곳이 내 옷장을 채워주는 일 말고도 훨씬 더 많은 것을 줄 것임을 깨달았다.

버스에서 내리자 사람들이 넓은 입구 쪽으로 가려고 언덕을 뛰어 올라가는 광경을 보았다. 어두컴컴한 하늘을 배경으로 사람들의 실루엣만 보였다. 나의 말문을 막히게 한 경치를 내 주위에 있는 여럿의 행복한 커플들이 함께 감상하고 있었다. 한 번 높은 곳에서 내려다보았을 때 모든 불빛이 반짝반짝 하는 도시를 상상해보자. 이는 서울타워에서 볼 수 있는 전망이다. 남편과 나는 타워 꼭대기에 다다르고 나서야 도시의 아름다움을 깨달았다. 주말에 나는 부엉이 박물관에 가서 그곳 소유주인 여자를 알게 되었다. 떡 박물관에 가서는 단순히 뜨거운 수증기를 이용하여 어떻게 떡을 간드는지도 배웠다.

나는 어린이대공원 풀밭에서 가족들이 소풍을 즐기는 모습도 보았다. 어린이대공원은 입장료를 받지 않으며 다양한 동물들이 있는 큰 동물원이 있어 유명하다. 이 모든 것이 서울에서 내가 지금까지 봐온 것들이고, 경험들 전부가 놀라웠다.

미국은 여러가지 다른 문화가 뒤섞인 샐러드로 불린다. 하지만 의외로 한국에도 다양한 배경의 사람들이 있다는 것을 알게 되었다. 이 나라에서 사는 것을 사랑하는 사람들을 나는 만나왔다. 러시아, 미국, 일본, 브라질, 인도 등등의 국가에서 온 사람들을 만났다. 한국 기지에 오기 전, 나는 한국이란 곳이 얼마나 다채로운 곳인지 몰랐었다. 여기 와서 나는 보답을 바라지 않고 일부러 친절을 베푸는 사람들을 만날 수 있었다. 한국에 도착한 당시에 이 점이 내게 가장 큰 특징으로 다가왔다. 한국인들은 나를 보고 차별하지 않는다. 그들은 친절하고 항상 웃으며 농담을 하거나 내게 칭찬을 해준다. 여기 살면서 나는 남녀 모두에게서 칭찬을 받았고 내가 할 수 있는 것은 계속 '감사합니다' 라고 대답하는 것이 전부였다. 미국인들과 이야기를 나누고 싶은 사람들이 식당에서 우리들 테이블로 와서 말을 거는 경험의 즐거움도 있었다. 전혀 모르는 낯선 사람이 나를 이미 친구로 받아들이고 음료를 사주며 대화를 즐기는 것이 참 신기하다.

한국음식과도 나는 사랑에 빠졌다. 어디를 가든 나는 김치를 찾는다. 매운 음식을 너무 좋아하는데 한 가지 발견한 점은 한국인들이 매운 양념을 사용하는 데에 있어 과감하다는 것이다. 추운 날에 아주 잘 어울리는 요리인 사골탕이 내가 가장 좋아하는 음식이다. 한국은 내가 생전 먹어본 것 중 최고의 스프들을 선보인다. 하루 종일 쇼핑을 한 뒤 닭 꼬치와 같은 작은 길거리 음식들을 먹는 것 만한 행복도 없다. 한국에서 즐길 수 있는 모든 음식 덕분에 나는 절대 굶주리지 않을 것 같다. 다른 나라 음식도 많다. 때때로 브라질 음식이나 터키 케밥을 즐기기도 한다. 멕시칸, 중식, 일식 레스토랑들이 즐비한 이 나라는 진정 다채롭다. 휴가 중 서울 근교로 갔을 때 개방된 캠핑장에서 열린 축제에 갔는데 주변에는 빌딩이나 백화점도 없었다.

사람들은 공연을 관람하며 세계 각지의 음식들을 먹고 있었다. 관심을 가장 많이 받은 주인공은 막대로 만들어진 거대한 수제 용 모형이었다. 사람들은 춤추고, 게임하며, 사진 찍고 있었다.

모두가 나처럼 시간을 들여서 한국을 방문하고 한국에 대해 배웠으면 좋겠다. 한국의 모든 것을 다 보지는 못했다. 하지만 적어도 나의 고유문화 외의 다른 문화에 대해 충분히 배운 것은 확실하다. 한국은 쇼핑 그 이상의 것들을 경험할 수 있는 곳이며, 우리 역사에 있어 너무도 중요한 나라다. 비록 미군기지가 나의 주된 서울 주거 요인이지만, 미국사람들은 이태원의 복잡한 거리 너머의 한국도 봐야한다. 한국에서 사는 것은 가까운 곳에 택시 타고 가는 것이 흔한 그런 곳만이 아니다. 한국에서 사는 것이란 다른 세계에서 사는 것에 대해 잠시 여유를 가지며 생각하는 것을 의미한다. 다른 사람들 속에서 부대끼며 살고, 빠르게 성장하는 이 나라에 대해서도 말이다. 한국은 이제 그 누가 오더라도 평생 남게 될 추억거리들을 만들 수 있을 정도로 다채로워졌다.

The Seoul In Me

Lora Kluber
Daughter of Mr. Ron Kluber, USFK J2 ASAW

I can barely remember when I first set foot on this country. I was only three years old and walked out of the airplane, holding tightly on to my dad's hand, to make sure I won't get lost in this foreign country. However, the impression I had of this country is no longer foreign but warm and familiar, as it has been my home for the past 15 years. As I grew up in this country, I began to grow in love with it. Just like how an American white egg stands out in a batch of Korean brown eggs, they appear to be different but their insides are the same. This goes for me as well. I have absolutely nothing in common with the Koreans in appearance, but deep inside, I see myself as one of them. This may be for a variety of reasons, but I believe I was strongly affected by my Korean stepmother.

First of all, I love the food in this country. Korean food is simply amazing. From the foods one can get outside on the stands in the streets known as Po-jang-ma-cha, to the feast one can encounter on special holidays like Lunar New Year, there is a mass selection of food, and I enjoy almost every one of them. In fact, it can seem a little weird, but my favorite food is a Korean soup called Kong-Bi-Ji Jji-geh, which is made from crushed soy beans. It is not only healthy, but also extremely delicious with a roasted sesame taste. Moreover, I find the different kinds of spices in Korea, extraordinary. The way they applied their traditional sauces to foreign foods such as fried chicken is incredible. I am pretty sure there is no other place in the world that offers chili, soy, pepper, garlic, and other flavors just for fried chicken. Hence, this country will be able to provide one with anything one feels like eating. If you want Korean food, you can find numerous restaurants, just down your block. If you feel like something western or unique, just stroll down the street of Itaewon. You will definitely find a place that fits your needs.

In addition to the food culture of Korea, I am deeply impressed at the city that never sleeps, Seoul. At any time of the day, you can go out and eat, whether it is an early breakfast or even a late night snack. Furthermore, they have food deliveries that are open 24 hours a day! I find it very convenient because if I am up for any reason past midnight, and want something to eat, I can choose from a variety of options to suit my craving. The range is greater than just pizza or chicken at 3am, which were my only options when I visited my old hometown, Chicago.

Furthermore, there are so many activities available at night in this city. Most districts will have places where people can go to do anything they want at anytime they want. Also, the working hour for public transportation is incredible! I am able to take the bus from early as 4am to as late as 1am. This was very convenient as I lived far from my high school and always had a method of transportation to rely on no matter what time I ended up going home.

I am so glad Korea has such thorough transportation, as during the Korean holidays, the traffic is insane. Several times a year, my family and I get together with my entire Korean family that lives down south. My favorite visit of the year is the Lunar New Year. This holiday is celebrated by almost all of the Koreans. For my family, we always eat an amazing banquet. We all participate in making great dishes, from fried Korean pancakes, to KalbiJJim. Of course, you cannot forget the rice cake soup as Koreans always eat it on this holiday as they like to believe they become a year older only if they eat it.

However, before we actually eat the meal, the younger generations bow to the elders. For example, I bow to everyone in my parents' generation, as well as my grandparents, while the people in my parents' generation only bow to my grandparents.

Koreans practice this every year, as a sign of respect and to wish the elders a healthy and prosperous year. The best part of this tradition is that the children receive money from the elders as they are thankful for the children's respect. As I had a large extended family, this was always my favorite Korean holiday because in addition to the wonderful food, I would receive around two months worth of allowance in high school! Unfortunately, as I am now a college student, I am unable to receive further financial aid.

One major part of my life in Korea is modeling. My step-mother is in acquaintance with a model agent and introduced me to the world of modeling. I have met many wonderful people and have traveled all over Korea for jobs. Modeling has also helped me learn better Korean since everyone around me, such as designers, does not speak English fluently. Not only do I meet more Koreans, but also many people from all over the world. I have gotten to know people from Russia to the Middle East, and even people from Africa in this small country.

One of my favorite jobs was a photo shoot in Jeju-Do Island when I was in elementary school. The beach was amazing and I could not get enough of the delicious Korean style seafood. Another job I did was down in Mok-Po, which was about a four hour drive. It was nice to get out of the crowded, busy city and experience Korea's beautiful country side. The shooting took place in the middle of a forest and I was able to tour the area during breaks. After graduating high school the thought of leaving Korea agitated me. Luckily, I was able to stay in Korea because of modeling. That gave me a year longer but I felt like it was not enough. Fortunately, I recently got offered the chance to start contract modeling. Before I was only a free-lance model and worked occasionally when I was offered jobs. Now I am able to go to auditions every day and will be getting paid monthly. I am looking forward to meeting more people and enjoying more of what Korea has to offer. Working in Korea has made me a more confident and responsible person then I was before. Being in Korea has given me the opportunity to become a professional model and now it is one option for my career path. Who would have known that a Caucasian female would absorb such vast amount of the Korean culture?

As I am now also trying to master this country's language, I believe I share a lot in common with the people here. I wish to learn much more about this country and be apart for as long as I can. Koreans of course look at me as a foreigner but I feel like I am one of them. At first, I had no idea how I was going to live in a country so different from where I was originally from. However, now, Korea is the one place I feel at home. Although I may have to leave Korea one day, it will always be a part of me.

내가 보는 서울

로라 클루버
주한미군 정보처 론 클루버의 딸

이 나라에 첫 발을 디딘 게 언제인지조차 기억이 가물가물하다. 고작 세 살이었을 때 나는 낯선 곳에서 길을 잃지 않으려고 아빠 손을 꼭 잡고 비행기에서 내렸었다. 하지만 이제 15년째 머물고 있는 한국이란 곳은 내게 더 이상 낯선 곳이라기보다는 따뜻하고 익숙한 곳이다. 이곳에서 커가며 나는 한국이란 곳을 사랑하게 되었다. 하얀 미국 달걀이 갈색 한국 달걀들과는 눈에 띄게 다르지만 속은 다 똑같듯이 나 역시 마찬가지다. 겉으로는 한국인들과 전혀 다르지만, 사실 속을 깊이 들여다보면 그들과 다를 바 없다. 여기에는 여러가지 이유가 있겠지만, 무엇보다 나의 한국 새엄마가 내게 가장 큰 영향을 주었다.

우선 나는 한국음식을 굉장히 좋아한다. 한국음식은 환상 그 자체다. 포장마차에서 먹을 수 있는 길거리 음식부터 설날과 같이 특별한 명절에 먹는 진수성찬까지 아주 다양한 음식들이 있고, 나는 거의 모두 즐긴다. 조금 이상하게 들릴 수 있겠지만, 내가 가장 좋아하는 음식은 대두를 으깨서 만드는 콩비지찌개라는 한국 스프다. 건강에 좋을 뿐만 아니라 볶은 참깨 맛이 나면서 매우 맛있다. 또한 한국에 있는 다채로운 양념들이 신기하다. 치킨처럼 이국적인 요리에 그들만의 전통 소스를 더해 먹는 것은 놀랍다. 치킨이라는 요리 하나를 갖고 칠리, 간장, 고추, 마늘 등 여타 많은 맛들을 제공하는 나라는 한국 말고는 없을 것이다. 이처럼 여기서는 먹고 싶은 음식은 무엇이든 구할 수 있다. 한식이 먹고 싶다면 집 밖으로 나오면 바로 즐비한 식당들을 볼 수 있다. 서양음식이나 조금은 이국적인 것을 먹고 싶다면 이태원 거리로 나와 보라. 단언컨대 먹고 싶은 것을 찾을 수 있을 것이다.

한국 음식문화뿐만 아니라 나는 서울이라는 잠들지 않는 도시도 참 인상 깊다. 이른 아침식사든 야식이든 그 어떤 시간대에도 나와서 먹을 수 있다. 더군다나 24시간 영업하는 음식 배달 업체들도 있을 정도다! 가끔 일하다가 자정을 넘겼는데 배가 고플 경우에도 다양한 종류의 음식 중 먹고 싶은 것을 선택해서 마음껏 먹을 수 있는 점이 참 편리하다. 새벽 세 시가 됐을 때 나의 옛 고향인 시카고처럼 피자나 치킨 두 가지 종류만 선택 가능한 상황이 아니라 훨씬 옵션이 다양한 것이다.

더불어 서울은 밤에도 할 수 있는 것이 매우 많다. 대부분 지역에서는 사람들이 하고 싶은 것이 무엇이든 언제든 할 수 있게끔 되어있다. 또한 대중교통의 운영시간 역시 매우 편리하게 되어있다. 이르게는 새벽 4시부터, 그리고 늦게까지는 밤 1시까지도 버스를 이용할 수 있다. 고등학교 때 아무리 늦게 귀가하는 날에도 늘 교통수단이 보장되어 있어서 아주 편리했다.

명절 때 한국의 교통체증은 극심하기에 더더욱 한국의 편리한 대중교통이 고마울 따름이다. 매년 3~4번 정도 우리 가족은 남쪽 지방에 사는 친척들과 전부 모이곤 한다. 내가 가장 좋아하는 명절은 설날이다. 거의 모든 한국인들이 이 명절을 지낸다. 우리 가족의 경우에는 매번 푸짐한 진수성찬을 차린다. 전과 갈비찜과 같은 큰 요리들을 온 가족이 함께 만든다. 물론 한국인들이 한 살 더 먹으려고 먹는 떡국도 빠뜨릴 수 없다.

하지만 식사 전에 아랫사람은 웃어른한테 절을 올린다. 예를 들면, 나는 부모님 세대의 어른들 모두에게 절을 올리고, 내 부모세대는 조부모세대에만 절을 올린다. 한국인들은 웃어른들에 대한 존경심과 만수무강 기원에 대한 표현으로 이 의식을 매년 치른다. 여기서 가장 좋은 점은 아이들이 존경의 표시로 절을 한 것에 대한 대가로 어른들로부터 돈을 받는다는 것이다. 대가족이 있는 나로서는 설날이 가장 좋았던 이유 중 하나가 바로 고등학생일 때 두 달치 용돈쯤 되는 금액을 한 번에 탈 수 있었기 때문이다! 불행히도 현재 대학생인 나로서는 더 이상의 재정적인 지원을 받지 못한다.

내 삶의 큰 부분 중 하나는 모델로서 일하는 것이다. 나의 새엄마가 아시는 모델 에이전트를 통해 모델들의 세계를 소개 받았다. 너무나 많은 훌륭한 사람들을 만날 수 있었고 한국 전역을 다니며 일을 하는 경험도 했다. 모델링은 특히 내가 일을 하며 한국어를 더 잘 배울 수 있게 해줬는데, 이는 주변에 계신 디자이너 분들과 같은 사람들이 영어를 능숙하게 하지 못하기 때문이다. 한국인들을 더 많이 만날 수 있을 뿐만 아니라, 세계 곳곳에서 온 사람들과도 만날 수 있었다. 이 작은 나라에서 러시아, 중동, 심지어 아프리카에서 온 사람들과도 만났다.

가장 좋아했던 작업 중 하나는 내가 초등학생일 때 제주도에서 참여한 촬영이다. 해변은 굉장히 아름다웠고 한국식 해산물 요리들이 그렇게 맛있을 수가 없었다. 목포에서도 한 번 촬영했었는데, 4시간 정도의 운전 거리였다. 혼잡한 도심을 벗어나 한국의 아름다운 지방 풍경을 체험하는 것이 좋았다. 숲속 한 가운데서 촬영했는데 쉬는 시간동안 그 지역을 구경할 수 있었다. 고등학교를 졸업하고는 한국을 떠날 생각에 불안했지만 다행히 모델 일 덕분에 한국에 머물 수 있었다. 1년이 연장되었으나 나로서는 충분치 않게 느껴졌다. 다행히도 최근에 계약 모델 건을 의뢰받았다. 그 전에는 프리랜서라서 일이 들어올 때만 작업했었다. 이제는 매일 오디션에 갈 수 있고 돈도 월급으로 번다. 한국에서 지내면서 더 많은 사람들을 만나고 삶을 즐기는 것이 기대된다. 한국에서 일하면서 나는 과거에 비해 더 자신 있고 책임감 있는 사람으로 거듭났다. 전문 모델이 되는 기회를 얻었으며 이는 훗날 나의 진로 중 하나가 되었다. 한국문화를 이렇게도 많이 한 백인 여자가 흡수할 것이라고 그 누가 상상했겠는가?

한국어를 배우려고 노력 중인 지금, 나는 내가 여기 사람들과 더 많은 것을 공유했으면 한다. 한국에 대해 더 많이 배우고 최대한 오랫동안 이 나라의 일부가 되려 한다. 한국인들은 나를 이방인으로 보지만 나는 그들과 다를 게 없다고 스스로 느낀다. 처음에는 나의 고국과

너무도 다른 나라에서 어떻게 살 것인지 막막했다. 하지만 현재로서
는 한국이 나의 집이다. 한국을 언젠가는 떠나야 할 날이 오겠지만 영
원히 나의 일부분으로 남을 것이다.

A Teen's Perspective

Jimmy Grandinette
Student, Son of USFK Soldier

Snowboarding at exclusive world-class resorts, swimming and diving off the exotic shores of Chejudo Island, branding cattle amongst the quaint rice fields of the countryside, and living in the vibrant city of Seoul, are a few of the unique life experiences and aspects of diverse culture that have loosely shaped me as an individual while living in South Korea. As a teenager and "military brat" having gone through numerous moves within the US and abroad, I can truly declare that living in Korea has been one of my most rewarding and unique life experiences. Although the changes and adjustments to a new country were challenging, I quickly learned to embrace the invaluable experiences that Korea had to offer.

While snowboarding at some of Korea's world-class snow

resorts such as "Hyundai Sungwoo", "Mu-ju", and others, I had the opportunity to meet kind people who took the time to teach me their traditions and allow me to race around with them on "special grounds" which are normally reserved for "locals only". While doing this, I learned a few of their snowboarding techniques and unique Korean games. After a long day of snowboarding, I ate a traditional Korean meal with them and learned the proper and polite way to eat. This experience truly allowed me to connect with the Korean people in doing something we both enjoyed and were exceptionally talented at. I was glad to have met some good friends that day who have helped to create an unforgettable life experience.

Snowboarding is only one of the many opportunities that presented themselves to me. My experience while swimming off the exotic beaches of Chejudo Island also proved to be an event that I will hold onto for the rest of my life. Fantastic views, clean white sand, and clear blue waters all added up to a wonderful day that allowed me to discover how exciting even a small country can be. I was able to enjoy my time with the locals as they showed me some of the most intricate sandcastles I had ever seen. Not only was I surprised to witness beaches that could emulate those of the very best, but I was amazed to have found such impressive sandcastles as well. Additionally, I was also given the opportunity to dive for clams with a few Korean ladies at the island. As a part of their everyday lives, diving and digging for clams presented itself to be a challenging yet fun experience. Even though the ladies managed to collect several buckets of clams in the couple of hours that we were out, I was still proud to have captured a meager four clams. My trip to Chejudo was simply amazing.

On a voyage to the deep country of South Korea I was presented with the wonderful and rare opportunity to brand cows and drive tractors. On a trip with my family for the sake of discovering the outdoors and the Korean country, we unexpectedly met a kind family as we were taking pictures on their farm. They didn't speak any English, but it wasn't too hard to interpret that they were friendly and wanted us to stay and have some fun on the farm. They showed us to their cattle and allowed us to even brand a couple of them. It was slightly saddening to prod a cow with a scorching piece of hot metal, but I knew that it was a regular process most cows had to go through when they belonged to a farm. After branding the cattle the family even allowed us to drive on one of their tractors - just for fun. We weren't accomplishing anything useful, but it was still an exciting experience to drive around on their open fields. In the end I was overjoyed to have visited the country and to have luckily met a kind family that gave us a hands-on experience to the country life.

Stepping away from the natural world, my life in Seoul has allowed me to witness how fast our world is progressing with booming electronic markets, people commuting with the latest technology in their hands and stuffed in their ears, and in a matter of months, flat grounds spawning skyscrapers and apartment buildings out of nowhere.

Seoul is continually developing at such a rapid rate that it is hard to stay up to date on its new innovations. In fact, if I am not snowboarding, swimming, digging for clams, or branding cattle, I am usually roaming the markets, eating Korean food, and attending events in this wonderful city. There is always something interesting to do in the vibrant city of Seoul.

With so much to do, Korea is an amazing place. Yet at the same time it is also dangerous. With North Korea as a next door neighbor aiming their rockets and mortars at us, it is a thrilling experience to be living on the edge of my seat. When I first moved to Korea, I thought to myself, that if I was going to be living here, I wasn't going to bethe rude one and not say "hi" to my neighbor. On a tour to the demilitarized zone (DMZ) one day, I was able to see North Korea right before my eyes. It was a great experience to greet my neighbor, but I'd prefer to hang back eating "duk-bok-gi" with my friends in Seoul.

Overall, life in Korea is spectacular. There is, truly, so much to do and so much to see. The mountains are beautiful. The beaches are spectacular. The country is exciting. The city is vibrant. I have lived here for nearly four years and have done so much, yet I am not nearly close to accomplishing half of the things available for me. I am proud of what I have done so far though. After all, not many teenagers in the big city know how to brand cattle, and not a lot of folks on the farm know what it is like to roam the streets of large foreign cities.

한 십대의 시각

지미 그랜디네트
학생, 주한미군 자녀

　고가의 세계 최상급의 리조트에서 스노우보드 타기, 이국적인 제주도의 해안을 따라 수영과 다이빙하기, 시골의 색다른 논에서 소에게 낙인찍어보기, 그리고 활기찬 서울도심에서 살기 등은 내가 한국에서 살면서 나를 형성시켜 준 몇 안 되는 독특한 경험과 다양한 문화였다. 십대이자 '군자녀'로서 미국 내외를 넘나들면서 나는 한국에서의 삶이 가장 보람차고 독특한 인생 경험 중 하나였다고 말할 수 있다. 비록 변화와 새로운 나라로의 적응이 도전적이기는 했지만, 나는 곧 한국이 줄 수 있는 귀중한 경험들을 기꺼이 받아들이게 되었다.

　'현대 성우'나 '무주', 그리고 다른 여타 한국의 세계 최정상급 리조트에서 스노우보드를 타면서, 나는 시간을 내서 기꺼이 그들의 문화를 가르쳐주는 사람들과 오직 현지인들만이 이용할 수 있는 곳에서 그들과 경주하는 기회를 잡을 수 있었다. 그들과 어울리면서 그들의 상당한 스노우보드 기술과 독특한 한국 게임들에 대해 배울 수 있었다. 하루종일 스노우보드를 타고나서 그들과 전통 한국음식을 먹고 식사예절에 대해서 배웠다. 이 경험은 한국인들과 나 모두 즐기고 잘 할 수 있는 일을 통해 나와 한국인들을 통하게 해주었다. 나는 잊을 수 없는 인생경험을 만들어 준 좋은 친구들을 만나게 되어서 너무나 기뻤다.

스노우보드 타기는 나에게 수많은 기회들 중 하나일 뿐이다. 제주도의 이국적인 해변을 따라 헤엄치면서 나는 평생 잊을 수 없는 기억들을 얻었다. 환상적인 전망, 깨끗한 흰 모래, 그리고 투명한 푸른빛 바닷물은 작은 나라도 얼마든지 즐거울 수 있는지를 알게 해주었다. 나는 현지인들이 나에게 보여준 지금까지 본 가장 복잡해 보이는 모래성을 보며 시간을 즐겼다. 세계 최고의 해변들과 경쟁하는 해변들을 보게 되어 놀랐을 뿐만 아니라 인상적인 모래성들을 보며 감탄했다. 더 나아가 섬의 몇몇 해녀들과 함께 조개를 따기 위해 잠수하는 기회도 가질 수 있었다. 그들 일상의 하나인 잠수해서 조개 캐기는 힘들지만 즐거운 경험이었다. 비록 해녀들은 우리가 바다에 나간 지 몇 시간 만에 여러 양동이들을 조개로 가득 채웠지만, 나는 빈약하게도 4마리의 조개를 잡고도 내 자신이 자랑스러웠다. 제주도 여행은 그저 놀라웠다.

남한의 외진 시골을 방문하면서 소들에 낙인을 찍고 트랙터를 몰아보는 놀랍고 귀한 경험을 했다. 가족과 함께 한국의 시골과 아웃도어를 탐방하기 위해 여행을 하면서, 우리는 농장에서 사진을 찍다 농장 주인인 한 친절한 가족을 예기치 않게 만났다. 그들은 한마디도 영어를 못했지만 그들이 친절하고 그들의 농장에서 지내며 즐기기를 원한다는 것을 아는 건 어렵지 않았다. 그들은 그들의 소들을 우리에게 보여주었고 심지어 우리가 몇몇 소들에게 낙인을 찍게 해주었다. 뜨거운 금속으로 소를 지지는 것은 살짝 슬프기는 했지만, 대부분의 소들이 농장에 왔을 때 꼭 거쳐야 하는 과정임을 알게 되었다. 한국인 가족은 소들에 낙인을 찍게 하고, 심지어 그들의 트랙터 중 하나를 재미로 타보게 해주었다. 우리는 어떤 도움이 되는 일도 하지 못했지만, 그들의 너른 들판을 달리는 것은 신나는 경험이었다. 시골을 방문해서 운 좋게도 시골생활을 맛보게 해준 친절한 가족을 만났다는 것이 너무나 기뻤다.

자연에서 한 발짝 떨어져서, 서울에서 내 생활은 얼마나 우리 세계가 빨리 진보하고 있는지 목격할 수 있게 해주었다. 호황기의 전자제품 시장과 통근하는 사람들의 귀에 꽂혀있고 그들의 손에 쥐어진 최신식 기기, 그리고 몇 달 만에 갑자기 솟아나는 고층빌딩과 아파트들이 그렇다. 서울은 너무나 빠른 속도로 끊임없이 발전해서 새로운 혁신들을 따라가기 힘들게 만든다. 사실은 내가 만약 스노우보드 타기, 수영하기, 조개 캐기나 소에 낙인찍기를 하지 않았다면, 나는 거의 대부분의 시간을 시장을 돌아다니고 한국음식을 먹고, 이 놀라운 도시의 행사들을 참가하며 보냈을 것이다. 이 활기찬 서울에서는 항상 해보면 흥미로운 일들이 있다.

해볼 수 있는 게 너무 많은 한국은 놀라운 곳이다. 하지만 동시에 위험한 곳이기도 하다. 그들의 로켓과 곡사포를 우리에게 겨눈 북한을 이웃으로 두고 살아가는 것은 스릴 있는 경험이다. 내가 처음 한국으로 이사 왔을 때, 이곳에 살게 된다면, 이웃에게 "안녕하세요"하고 말하지 않는 무례한 사람이 되지 않아야겠다고 생각했다. 비무장지대를 방문한 어느날, 나는 내 눈으로 북한사람들을 똑똑히 볼 수 있었다. 이웃들에게 인사하는 건 멋진 경험이지만, 서울에서 친구들과 떡볶이를 먹는 게 더 나을 것 같다.

전반적으로 한국에서의 생활은 화려하다. 너무나 할 게 많고 또 너무나 볼 것이 많다. 산들은 아름답고 해변은 장관이다. 시골은 신나고 도시는 활기차다. 나는 여기서 거의 4년이나 살았지만 아직 여기서 해볼 수 있는 것 중 반도 채 해보지 못했다. 나는 내가 지금까지 해낸 일에 대해 너무나 자랑스럽다. 어쨌든 도시에 사는 대부분의 청소년들은 소에 낙인을 찍어볼 줄 모르고, 농장에 사는 대부분의 시골사람들 역시 거대한 외국도시의 길거리들을 걸어보는 것이 어떤 기분인지 모를 것이다.

In Asia Silly!

Maddie Lowe
Daughter of LTC Erick Lowe, CJ4 Plans and Operations

Being a country girl, I didn't know what to expect when my Dad said we were moving to Seoul, South Korea. Actually I did not even know where South Korea was. When I asked my Dad, "Where is South Korea?", and he said, "In Asia silly!" I knew I was in for a big adventure!

Hi, my name is Maddie Lowe. When I got the news I'm moving to Korea with my Mom, Dad, brother and my dog. I was in the 5th grade and lived in Northern New York. Now I'm in the 7th grade, and I live Korea! I knew I would love Korea because it was the first time in two and half years I would be living with my Dad. My Dad was deployed for a long time and we were finally going to be a whole family again. Also, it would be the first time I ever went to a foreign country! I was so exited!

I looked up pictures and read stories on South and North Korea. I learned about the DMZ, Korea's weather, and stuff called kimchi. I looked at the Army base where I would live in and discovered it was called Yongsan Garrison and it was right in the middle of Seoul, one the largest and most populated cities in the world. I clearly remember the summer day when I boarded the Korean Air flight bound for Inchon, South Korea. It was probably the most exciting time of my life because I was going to a foreign country and hadn't a clue on what lay ahead for me! I soon figured out that sitting in a seat for over 14 hours was a nightmare! On the TV screen ahead of me, I watched as the plane slowly crawled its way toward Korea.

At last the plane skidded on the runway and the long flight was over. We were on the ground! I jumped out of the seat and headed for the door. After my family was done collecting our luggage, we made our way to the front entrance. The airport was huge and very crowded even for the early morning hours. I handed my passport to a middle-aged airport security guard, he looked at my passport and smiled and said, "Welcome to Korea". When I stepped outside I was excited to get a breath of fresh air, but I was taken aback. The air smelled different to me; kind of heavy and exotic smelling. My Dad, who has been in Korea before, explained it is the "Smell of Korea we will all get used to it". It also did not help that I lived in the country almost my whole life, where the only smell that is bad is fresh manure on a farm (which really is not a bad smell once you lived there for awhile). I was sure I would get use to the smell of Korea.

We entered the city just as the sun was rising on the horizon. As the sun rose so did the buildings grow and surround us. I thought it was amazing! From the Han River with its countless bridges to the tall and beautiful Seoul Tower standing as a beacon for the sea of skyscrapers and cranes, I was speechless as I pressed my forehead against of the window of the taxi van. One thing I noticed was that Korea was rich in history and proud of their culture. We drove past many temples and pagodas. When we arrived in Yongsan, it felt weird to be in shadows of building and all of a sudden in a little community where not many cars were driving and there were lots trees. My house was nice, but I could not wait to go out and explore Seoul.

And exploring we did!! I will never forget my first visit to a Korean traditional Barbeque Restaurant. The place we went to is called Jeong Gam Eo Rin and it located near Mt. Namsam. It quickly became our favorite Korean restaurant because not only was the food delicious but we made friends with the host and his staff. At first I was not too sure about Korean food, so I just eat rice or Bap. I was quickly known as the "Bap girl" at the restaurant because that was the only thing I would eat. The waitresses liked me but I could tell they wanted me to eat something more than bap. The little side dishes of kimchi, lettuce, crab, and soup that smelled really bad were too much for me. Their smiles wore me down and soon I felt a little adventurist. I tried beef bulgogi. I loved it! Nowadays, I am known as the "Beef and Leaf girl" too!!

I took a week to get over my jet lag. I was ready to explore! Since school was still in summer break, we had a lot of time to go venture out into Seoul! "First stop to see," my dad said, "is the Seoul Tower. We're going to walk all the way up there!" I noticed that lots of people were either walking or biking up the long and winding trail of Mt. Namsam. Many people past and said Ahn-nyong ha-say-yo and I practiced saying it back to them. It was really tiring to walk up that mountain especially since it was the end of July and it was so hot and humid, you could wring water out of the air, but it was worth it. When we got up to the top of Mt Namsam, it was breathtaking!! I felt like I was seeing Seoul from a bird's eye view! There seemed to be millions of buildings as far as the eye can see. Before Mom, Dad, Will, and I went to the top of the tower we locked our locks onto the railings on the ground floor. I learned it is a long standing tradition to lock your own lock on the rails on Seoul Tower. It represents lasting love.

My family joined our locks together and hung them on the railing amidst the thousand of locks that were already there. It was a neat moment! Then, up, up, up we went on the Seoul tower elevator. When the doors opened I couldn't believe my eyes! I was seeing Seoul from an even higher view. I thought it was so awesome to read the names of places in the world facing out on the windows of the Seoul. My family took a picture in front of the window that's labeled New York since we're from upstate New York. Since the first visit, we have enjoyed the Seoul Tower many other times and seeing it at night was a totally different and exciting experience.

I quickly learned that shopping can be an Olympic event in Korea. We went to many shopping districts in Seoul, like Itaewon, Myongdong, Insadong and Dongdaemun. After going to a few stores I noticed you can find almost anything here in Korea. Everywhere I went I would find these beautiful tassels that I learned were called Norigaes. I loved the soft silk feel of the tassels and the beautiful decoration on the pendant. I soon began my collection on them and learned they are an essential decoration accessory worn with traditional woman's hanbok, a very special and formal dress worn on special occasions like holidays and weddings. I am very proud of my growing norigae collection and know that I will have it for years to come and I will take them out and show my children when I talk about my time in Korea. I have one in almost every color.

Not all my favorite places are in the city though. Being from Northern New York, I am use to playing in the snow. One weekend my parents surprised us by going skiing. I could not wait. We went to a ski resort! We had tons of fun going down the snowy hills. It was a beautiful clear day and I really enjoyed the beauty of the mountains around us.

But my all time favorite place has got to be Lotte World, a huge indoor and outdoor amusement park in Seoul. We took the short subway to get to Lotte World. When I walked into

Lotte World it was like I was walking into a giant snow globe. Wide open mouth gasps of "Wows" come out in unison from my brother and me. There were many cool amusement rides, parades and games to play. And there was even more outside!! We had a blast!

So far my Mom, Dad, Will, and I have been in Korea for almost two years. We love Korea and everything about it. We have discovered new friends, new food and new adventures that we will always remember.

WE GO TOGETHER ESSAY

아시아에 있지 바보야!

매디 로우

미8군 군수처 에릭 로우 중령 딸

시골 소녀였던 나로서는 아버지가 대한민국 서울로 이사가야한다는 말을 들었을 때 어떻게 해야 할지도 몰랐다. 사실 나는 대한민국이 어디에 있는지도 몰랐다. 내가 아버지에게 대한민국은 어디 있느냐고 물었을 때 아버지는 "아시아에 있지 바보야"라고 말했다. 그것은 큰 모험이 될 거라고 생각했다.

안녕, 내 이름은 매디 로우. 내가 가족들과 같이 한국으로 이사 간다는 소식을 들었을 때 나는 동부 뉴욕에 사는 평범한 초등학교 5학년생이었다. 지금 나는 중학교 1학년이다. 그리고 한국에 살고 있다. 한국에 오기 전에 이미 나는 내가 한국을 사랑할 것을 알고 있었다. 왜냐하면 아버지와 2년 반 동안 살게 되는 첫 번째 시간이었기 때문이다. 아버지는 전부터 파견 근무를 하셨기 때문에 떨어져 있어야 했지만, 이번에는 가족 전부가 옮기게 되었다. 그리고 무엇보다 내가 미국을 떠나는 첫 번째 외국여행이었다.

나는 대한민국과 북한에 대한 여러 책과 사진을 보았다. DMZ에 대해서 배우고 한국의 날씨, 김치에 대해서도 공부했다. 내가 있을 용산 캠프에 대해서도 알아보았다. 용산 캠프는 가장 크고 인구가 많은 도시 중의 하나인 서울 정중앙에 위치했다. 비행기를 타고 대한민국 인천으로 출발하던 그 여름날을 아직도 기억한다. 그 순간은 내 인생에서 가장 신나는 일이었다. 왜냐하면 기대하던 외국에서의 첫 시작이었기 때문이다. 하지만 비행기에서 14시간 동안 앉아있는 것은 악몽이었다. 좌석 스크린에는 아주 천천히 기어가는 듯한 비행기가 한국으로 향해 가고 있었다.

비행기가 착륙하고 긴 비행이 끝났다. 드디어 지상에 왔다는 기분이 들었다. 나는 제일 먼저 좌석을 박차고 나가서 비행기 출구를 향했다. 가족들은 짐을 챙겨 밖으로 나왔다. 공항은 거대하고 이른 아침인데도 불구하고 사람들이 붐볐다. 나는 내 여권을 중년의 검역관에게 내밀었다. 그는 내 여권을 보고 미소지으면서 말했다. "Welcome to Korea". 공항 밖으로 나갔을 때 상쾌한 공기를 마실 것으로 기대했었다. 하지만 기대와는 달랐다. 공기 냄새는 답답하고 이국적이었다. 한국에 머물렀던 적 있는 아버지는 이것이 우리가 익숙해져야 하는 한국 냄새라고 설명했다. 내가 살던 곳에서는 농장에서 나오는 거름 냄새가 유일한 악취였다. 사실 거름냄새도 자주 맡다보면 그렇게 나쁘지도 않았다. 그렇기에 나는 한국의 냄새에 적응할 자신이 있었다.

우리는 해가 막 떠오를 때 서울로 들어왔다. 해가 뜨자마자 내 주변에 건물들이 생겨나는 것 같았다. 그것은 놀라웠다. 셀 수 없을 만큼 많은 다리가 있는 한강에서부터 크고 아름다운 서울타워를 나는 택시 유리창에 이마를 대고 보고 있었다. 내가 한국에 대해 느낀 점은 한국은 오래된 역사를 가지고 자신의 문화에 대해 긍지를 가지고 있는 나라라는 것이었다. 왜냐하면 도시 중간중간에 많은 사원과 탑이 서 있기 때문이었다. 용산캠프에 도착했을 때 나는 기분이 이상했다. 캠프는 도시의 여타 다른 장소와 다르게 나무가 많고 차는 많지 않았다. 집 또한 정말 근사했지만 집 밖으로 나가 서울을 구경하고 싶어서 참을 수가 없었다.

처음으로 전통 한국식당을 갔을 때를 절대 잊을 수 없다. '정감어린'이라 불리는 남산 옆의 식당이었는데 바로 우리의 단골집이 되었다. 그곳은 음식이 맛있을 뿐만 아니라 주인과 직원은 우리의 친구가 되어 주었다. 처음에 나는 한국음식에 대해 잘 몰라서 밥만 먹었더니 식당에서 '밥 소녀'라는 별명을 갖게 되었다. 한 여종업원을 나를 좋아했고 내가 밥 말고 다른 음식도 먹기를 권했다. 김치, 상추, 그러나 꽃게탕은 냄새가 별로 안 좋아서 먹기가 싫었다. 그들의 미소와 권유는 나를 새로운 음식에 도전하게 만들었다. 나는 소불고기를 맛봤다. 불고기는 정말 맛있었다. 요즘에 나는 '소 야채 소녀'로 불리고 있다.

미국과 다른 한국의 시차를 극복하는 데는 일주일이나 걸렸다. 나는 본격적으로 한국을 여행할 준비가 되어있었다. 학교는 아직 여름 방학이었기 때문에 우리는 서울 시내를 관광할 충분한 시간이 있었다. 아버지가 추천하는 첫 번째 장소는 서울타워였다. 우리는 서울타워까지 걸어서 올라갔다. 많은 사람들이 걷거나 자전거를 타고, 또는 케이블카를 타고 올라간다는 사실을 알았다. 많은 사람들은 지나가면서 "안녕하세요"라고 말했고 나도 똑같이 대답하면서 연습했다. 남산을 등산하는 것은 쉽지 않았다. 늦은 6월에 매우 더운 날씨와 습기 때문이었다. 공기 중에서 물을 얻을 수 있을 것만 같았다. 하지만 그만한 가치는 있었다. 남산 정상에 도착했을 때 숨이 막히는 것만 같았다. 나는 서울을 새의 눈으로 보는 듯한 느낌을 받았다. 우리 가족은 타워를 올라가기 전에 전망대에 자물쇠를 채웠다. 자물쇠를 채우는 것은 영원한 사랑을 의미한다고 했다. 수천 개의 자물쇠 사이에 우리의 자물쇠를 채워놓았는데 뿌듯한 기분이었다. 우리는 엘리베이터를 타고 서울타워로 올라가고 또 올라갔다. 엘리베이터의 문이 열렸을 때 나는 내 눈을 믿을 수 없었다. 서울타워는 그 높던 남산타워보다 훨씬 높은데 전망대가 있었다. 전망대에 있는 세계 여러 도시의 이름이 새겨져 있는 것은 멋졌다. 우리는 뉴욕 북쪽에 거주했었기 때문에 뉴욕이라는 글자 앞에서 사진을 찍었다. 그 후로도 서울타워는 몇 번 더 갔는데. 밤에 보는 야경은 낮과는 다르고 환상적이었다.

나는 한국에서는 쇼핑을 올림픽 축제마냥 즐긴다는 것을 알았다. 우리는 동대문, 이태원, 명동, 인사동으로 쇼핑을 하러갔다. 몇 군대 매장을 돌아본 후 느낀 점은 한국에는 모든 것이 다 있다는 것이었다. 내가 가는 곳마다 아름다운 작은 장신구가 있었는데 그것은 노리개였다. 부드러운 비단과 화려한 장식의 그 장신구가 정말 좋았다. 나는 노리개를 모으기 시작했고 나중에는 그 노리개가 특별한 행사나 명절, 결혼식 등에 입는 한복에 갖추는 전통 장신구라는 것을 알았다. 모으는 노리개 수가 많아질 때마다 나는 스스로 뿌듯했다. 나중에 내 자식들에게 내가 한국에서 있던 시간을 설명해 줄 때 노리개를 보여 줄 수 있기 때문이었다. 나는 모든 석의 노리개를 가지고 있었다. 도시 말고도 내가 좋아하는 장소가 또 있었다. 동부 뉴욕에 있을 때 나는 눈놀이 하는 것을 매우 좋아했다. 어떤 주말에 우리는 스키여행을 가기로 했다. 나는 스키장 가기를 정말 기대했다. 눈 덮인 언덕을 내려올 땐 너무 재밌었다. 그날은 날씨도 맑아서 눈 덮인 산은 정말 아름다웠다.

내가 가장 좋아하는 장소는 뭐니뭐니해도 큰 실내와 실외 놀이공원이 있는 롯데월드였다. 우리는 지하철을 타고 롯데월드에 갔다. 롯데월드에 들어가서 느낀 점은 큰 눈으로 된 구체에 들어가는 느낌이었다. 내 남동생과 나는 "와우"라고 나도 모르게 내뱉었다. 실내엔 많은 놀이기구와 퍼레이드 그리고 게임 등이 있었다. 실외에는 그 외에도 더 많은 놀이기구가 있었다. 우리는 정말 신났다.

2년이 넘는 시간동안 한국에 있던 우리가족은 한국과 한국에 한 모든 것을 사랑하게 되었다. 우리는 평생 잊을 수 없는 새로운 친구를 사귀었고 새로운 음식 새로운 모험을 경험하게 되었다.

The Do's and Don'ts

LTC Kyelee Fitts
USFK J34

In the year of 1953, the Korean War ended in an armistice. Koreans were starving and poor, but glad it was over. Now, a radical change is in place. Instead of the meager war stricken country is was almost 60 years ago, it has transformed into a country packed with rich culture, growing cities and technology, not to mention great food! This essay is about the Do's and Don'ts of this seemingly new country, but don't take my word for it, come and see for yourself!

Seoul - it's always moving, always changing, always growing; in other words, it's the New York of Korea, and also where I live. This city literally never sleeps. Drive to the post from the airport at 12:00 midnight and there will still be traffic and people going, going, and going. Unlike most cities in the US,

Seoul doesn't build out, it builds up. Almost everywhere you go there will be skyscrapers and high rises. Unlike most big cities in Korea, however, Seoul's crime rates are really low, and it is very safe to travel even at night. Although the pollution is bothersome, Seoul has everything. If you want Italian, Mexican, even Arabic food or you want to see exotic jellyfish, or you decide to get a massage, it'll be in Seoul.

Seoul has all manner of entertaining things. The 63 building is sort of the empire state building of Seoul, and contains 63 floors of fun including a wax museum and an aquarium. You can also go to the COEX Mall, which also contains an aquarium and many, many shops. Looking for something more traditional? Go to the Korean Folk village, a relaxing place that depicts Korea's old villages so you can experience them yourself. Interestingly enough, it also contains a small amusement park! Speaking of amusement parks, there are three main ones in Seoul; Lotte World, Seoul Land, and Everland. They all contain lots of rides, as well as shows and everything else you could want in an amusement park! Seoul isn't the only spot for recreation, though. In the spring, you can go to a number of smaller cities and see the numerous and widely loved cherry blossom festivals. Flowers not your thing? There are other festivals including a World Kimchi Festival!! You just have to look around.

If you want to travel in Korea, the best way to go is by subway. It's cheap, fast, efficient, and relatively clean. It costs about 1,000 won (a little less than a dollar) to get anywhere by subway, and best of all, there's no traffic. If you want to travel by car, let me warn you, a ten minute drive could take over an hour in the traffic, but if you are insistent, make sure you stay out of the rush hours; they are crowded, uncomfortable, and a bumper to bumper two hours of agony. For long distance trips, try and take the KTX, which are bullet trains that can take you most places in a matter of hours. For example, a regular trip to Gyoungju by bus would take 5 or 6 hours, but by train it's only 2 hours.

The food in Korea is mostly spicy, so watch out!! Kim Chi, a dish made of cabbage and red sauce, was originally invented in Korea, and no table is without it. There are many different types of Kim Chi, too. Some have radish instead of cabbage, and others take out the red sauce so it's just pickled cabbage. Personally, I don't eat spicy food, but that's just me. Of course, there are other foods Koreans like Jap Chae (a type of fried noodle) and Hambak steak (similar to Salisbury steak). You can go to a number of traditional Korean restaurants to experience the taste of original Korean cuisine, too! The key to Korean food is to try it, and try it all. Trust me, I know. Once, I saw this jelly stuff I couldn't even look at it because looked so gross, but I tried it, and now I love it!!! You can also get lots of food on the street, too. One example is a type of hot mini bread with cream inside of it, perfect for a chilly day, as roasted chestnuts, a treat anyone can enjoy. Of course, there are some not so good looking foods such as fried beetle like bugs, too! You can find these and much more on the streets of Korea;

look on places near subways or department stores, basically where a lot of people live.

One of the many amazing things about Korea is that the fruit could be considered a delicacy. In America, strawberries are more often than not hard and sour, cherry tomatoes are as hard as a rock and just as tasteless, and you could use the nectarines as golf balls, but in Korea, it's completely the opposite. The strawberries are ripe and juicy, the cherry tomatoes are huge and taste as sweet as a grape, and the nectarines could temp an emperor off his throne. Another delectable fruit is the persimmon, an Asian fruit that is sort of shaped like an apple. Although they don't have much juice, the taste is exquisite; it almost tastes like cinnamon mixed with apples. Why fruit in Korea is so good I'm not completely sure of, but I think it has something to do with that Korea is smaller than America, so fruit has less distance to travel, and the bigger, softer fruit can survive the trip. Also, the fruit is well groomed and the quality is exceptional. In fact, the only bad thing about Korean fruit is that is costs twice as much as American fruit.

Sadly, there are only a few open markets in Seoul, but there are many more in other rural areas. Open markets are great places to browse and look around. A typical open market has everything from pillows to rice cakes, and everything in between. One famous open market in Seoul is Namdaemun, a generally crowded place with all kinds of restaurants and shops. One of the best things about open markets is the bargaining; if you bargain well enough, and you can get something for as much as half off. Although open markets are not a big thing in Seoul, department stores and malls are. Like I said, the city of Seoul is modern to the point of futuristic and fancy stores and malls are aplenty.

Korea was once a poor third country, but now it's a bustling metropolis. This cutting edge country is fast edged and modern, as well as slow and rural. You can enjoy all kinds of benefits including transportation, vacation, and amazing food. I know it can be hard to leave family and friends to PCS to Korea, but new friends can be made, and family can be contacted. When you go home to America, you'll have amazing stories to tell your family about the delicious food, the beautiful rural areas, the lively city, and the fantastic country of Korea.

해야 할 것과 하지 말아야 할 것

카이리 휫츠 중령
주한미군 34 경리단

1953년, 6.25전쟁은 휴전으로 끝났다. 한국인들은 굶주리고 가난했지만 전쟁이 끝난 것이 기뻤다. 지금은 엄청난 변화가 다가왔다. 대한민국은 약 60년 전 전쟁이 들이닥친 가난한 나라 대신 훌륭한 음식은 말할 필요도 없을 뿐더러 발전하는 도시들과 기술들을 포함한 부유한 문화로 가득 찬 나라로 변신했다. 이 에세이는 이 성장해 나가는 나라에서 해야 될 것과 하지 말아야 할 것에 관한 이야기이다. 하지만 이 글을 읽어보기만 하지 말고 직접 와서 체험해보라!

서울은 매일 움직이고, 변화하고, 자라나는 도시이다. 다른 말로 표현하자면 한국의 뉴욕이다. 내가 사는 곳이기도 한 서울은 말 그대로 잠을 자지 않는 도시이다. 밤 12시에 공항에 도착해서 집으로 돌아가는 길에 운전을 하고 가도 여전히 어느 정도의 교통 혼잡과 사람들이 계속해서 움직이는 게 보인다. 미국에 있는 대부분의 도시들과는 다르게 서울에서는 건물들이 옆으로 늘어나지 않고, 위로 올라간다. 대부분 서울 어디를 가든 어디서나 초고층 빌딩과 하늘로 솟은 건물들은 볼 수 있을 것이다. 한국의 다른 대도시들과 다르게 서울의 범죄율은 매우 낮고 밤에도 돌아다니기 매우 안전하다. 환경오염이 약간의 문제는 있지만 서울은 모든 것을 가지고 있다. 당신이 이탈리안, 멕시칸, 혹은 아라비안 음식을 원하거나 희귀한 해파리를 보고 싶거나 또 마사지를 받고 싶다면, 그 모든 것을 다 서울에서 찾을 수 있다.

서울은 모든 종류의 놀이공간들을 가지고 있다. 왁스박물관과 아쿠아리움이 포함되어있는 63층짜리 건물의 63빌딩은 서울의 엠파이어스테이트 빌딩과도 같다. 코엑스 몰 또한 서울의 명물인데 이곳 또한 아쿠아리움과 매우 많은 쇼핑 가게들을 보유하고 있다. 좀 더 한국 전통적인 것을 찾는가? 한국 민속마을로 가면 한국의 오래된 마을을 묘사한 당신이 직접 경험할 수 있는 장소들이 있다. 민속마을은 또한 작은 놀이공원도 포함한다. 말이 나와서 말인데, 서울에 3개의 대표적인 놀이공원이 있다. 롯데월드, 서울랜드, 그리고 에버랜드이다. 그 세 개의 놀이공원에는 많은 놀이기구들, 놀이기구만큼의 각종 공연과 놀아공원에서 바랄 수 있는 모든 것들이 있다! 하지만 오락이나 놀이를 위한 장소가 서울만 있는 것은 아니다. 봄에는 몇몇 작은 도시들로 가서 많고 많은 사람들에게 사랑받는 벚꽃축제들도 볼 수 있다. 꽃을 좋아하지 않는다면? 벚꽃축제 외에도 세계 김치축제 같은 많은 축제들을 볼 수 있다!

한국에서 여행하기를 원한다면 지하철을 이용하는 것이 최고의 방법이다. 비용이 적게 들고, 빠르고, 효율적이며, 비교적 깨끗한 시설을 가지고 있다. 지하철로 어디를 가든지 대략 1,000원밖에 들지 않으며, 가장 좋은 점은 교통량이 붐비지 않는다는 것이다. 차로 여행하고 싶다면, 경고하건데, 10분 걸릴 거리를 한 시간 걸릴 수도 있다. 하지만 굳이 차로 가야 한다면 러시아워는 피하도록 하라. 한국의 러시아워는 붐비고, 불편하며, 2시간 연속의 교통정체의 고통이다. 장거리 여행에는 어떤 거리든지 몇 시간 안으로 데려다주는 총알 열차인 KTX열차 이용을 해 보도록 하라. 예를 들어 보통 서울에서 경주까지 버스로는 5~6시간 걸리지만 KTX로는 2시간밖에 걸리지 않는다.

한국음식들은 대부분이 매우니까 조심하라! 고추가루와 배추로 만들어진 김치는 한국에서 발명된 음식인데, 매 끼니에서 빠지지 않을 정도이다. 김치에는 여러 종류가 있다. 어떤 김치는 배추 대신에 무를, 또 어떤 김치는 고추가루를 빼고 백김치로 만들기도 한다. 개인적으로 나는 매운 음식을 먹지 않지만 그건 단지 내가 그런 것뿐이다. 김치 외에도 한국사람들이 좋아하는 음식은 바로 잡채(볶은 면 종류)와 함박 스테이크(솔즈베리 스테이크와 비슷하다)가 있다. 또 한국의 여러 전통식당에 가서 원조 한국요리를 맛볼 수 있다! 한국음식을 좋아하기 위한 열쇠는 계속해서 먹는 것을 시도해 보는 것이다. 나를 믿어라, 나도 경험해봤다. 한번은 너무 징그러워서 내가 쳐다보기도 힘든 해파리를 먹어봤는데, 이제는 내가 사랑하는 음식이 되었다. 또 길에서도 많은 음식들을 맛볼 수 있다. 하나의 예로 작은 빵 안에 호두가 들어있는 호두과자는 모두가 좋아할 수 있는 음식이다. 그 중에는 보기에도 그다지 먹음직스럽지 않은 음식도 있다. 번데기는 말 그대로 번데기를 삶아서 만든 음식이다. 이러한 여러가지 음식들은 한국 길거리에서 찾아 볼 수 있다. 지하철이나 백화점 근처같이 사람들이 많은 곳에 많이 있다.

한국의 많은 놀라움들 중의 하나는 과일이 매우 부드럽다는 것이다. 미국에서는, 딸기는 조금 딱딱하고 시며, 버찌들이 딱딱하고 맛도 그다지 있지 않다. 또 승도복숭아도 골프 공으로 쓸 수 있을 만큼 딱딱하다. 하지만 한국에서는 완전 반대다. 딸기는 잘 익고 즙이 많으며, 버찌는 크고 포도처럼 달고, 승도복숭아는 왕의 왕좌를 뺏을 수 있을 만큼 맛있다. 다른 맛있는 과일은 감이다. 사과같이 생긴 동양 과일이다. 감은 즙은 많이 없지만, 맛은 매우 훌륭하다. 감은 계피와 사과의 맛을 섞어 놓은 듯한 맛을 낸다. 왜 한국에 있는 과일이 맛있는지 확실하진 않지만, 내 생각에는 한국 땅 크기가 미국보다 작기 때문에 과일이 비교적 짧은 거리로 이동되어서 그렇고, 과일 크기가 크면 클수록 이동되는 동안 그 부드러움을 유지할 수 있을 수 있으니까 말이다. 또 한국 과일은 더 잘 다듬어져 있어서 질도 매우 뛰어나다. 단지 미국 과일보다 좋지 않은 점이 있다면 그 값이 미국 과일의 두 배가 된다는 사실이다.

아쉬운 것은 많은 자유시장이 농촌도시에 많은 반면에 서울에는 몇 군데밖에 없다는 것이다. 자유시장은 구경거리들이 매우 많은 곳이다. 어떤 자유시장은 베개부터 떡까지 모든 것들이 있다. 서울에서 유명한 자유시장은 남대문시장인데, 남대문시장은 모든 종류의 레스토랑과 가게들이 사람들로 북적거리는 곳이다. 자유시장의 묘미는 바로 흥정이다. 만약 당신이 흥정을 잘하게 된다면, 어떤 물건일지라도 반값에 살 수도 있다. 자유시장이 비록 서울에서 큰 부분을 차지하는 것은 아니지만, 그에 비해 백화점들은 서울에서 매우 큰 부분을 차지하고 있다. 앞서 말했듯이 서울은 미래적이고 훌륭한 백화점과 많은 가게들이 있는 경지에 도달해 있다.

한국은 한때 가난한 제3국이었지만 분주히 움직이는 메트로폴리스이다. 이 최첨단 국가는 빠르게 발전하고 현대적이 되었다. 편한 교통시설과, 휴가와, 놀라운 음식 같은 유익함을 누릴 수 있다. 가족과 친구들을 뒤로 하고 한국으로 가는 것이 힘든 것은 알지만, 새로운 친구들을 만들 수 있고, 가족들과도 연락할 수 있다. 다시 미국으로 돌아갔을 때, 당신은 당신의 가족들에게 맛있는 음식과 아름다운 시골 풍경과 활발한 도시, 그리고 환상적인 한국에 대한 놀라운 얘기들을 말해 줄 수 있을 것이다.

Love live Korea, Love live life

SSG Jamin Edward Bassette
8th Army Battalion

I do not recall the first time I used 아파(Apa/Pain) to refer to a throbbing headache. Nor can I remember the first time I saw an elderly woman walk onto the subway and I respond by sheepishly bowing and saying "앉으세요(Ahnjuseyo/Please sit)." And despite my greatest attempts, I may never know when I started using 아이구(Aigu/Oh my goodness) to display everyday surprises and frustrations. Regardless of when these aspects of Korean culture became common place for myself, they are now an everyday part of my life and as much ingrained into my personality as driving on the right side of the road or saying "God bless you" when I sneeze. Almost two years have passed since first arriving here upon the peninsula, but the life lessons, the new experiences, and the fond memories all feel far too few for a place that has become like a second homeland and will always have a place in my heart.

I responded to the discovery of my orders to Korea the way most Infantrymen would; with a little confusion, bitterness, and disappointment. Wanting to go "Where the action is" I felt that going to a strange county, not to fight but to protect, seemed like misuse of my Soldiering abilities and a setback for my Military career. Upon boarding the plane on the 18th of March 2008 I could not help but notice that I was the only American on my flight and that the menu consisted of three items that were so foreign to me that I couldn't even pronounce their names. I had all but given up on the notion that I would ever get used to my future surroundings when I came into contact with the greatest of all Korean virtues; hospitality. An older gentleman in his mid-fifties sat next to me and having spotted my confusion with the presented meal choices proceeded to introduce himself as Mr. Kim and offered to assist me with my dilemma. Over a four course 비빔밥 (Pibimbap/Mixed rice dish) lunch we began to talk about Korean food, culture, films, music, and even romance and dating customs. Out of the 16 hour flight we had spent over 13 of them conversing together with our longest break being only to watch a Korean movie and then talk about how it differed from American film culture. By the time our plane hit the ground I could order food, introduce myself, and even ask for a girl's phone number in Korean, but far more important than that was my new found appreciation for how friendly and polite Koreans are as a people. Mr. Kim might not even remember me, but because of him I will always carry with me one of the greatest life lessons I learned in Korea; in ever circumstance, no matter if it is what you had planned or not, always try to learn from life.

Over the course of the next few months I began taking in all that I could of Korean Culture; from films (Old Boy), to music (Love Holic), food (Samgyupsal), and especially the sites (Kwanghwamun). With every new experience I began to better understand what made Koreans such a proud and determined people. Having lived in Okinawa Japan I saw what resulted from Japanese imperialism; almost all signs of Okinawa's past and heritage, from their language to their history, were replaced with that of their Conqueror's. From looking at modern Korea is would seem almost impossible to tell that they were once under Japanese rule and under threat of losing all of their national identity. Despite having the Korean language replaced with Japanese, having their history books burned, and forced to adopt all Japanese names, the Korean people held on dearly (Sometimes at the cost of their own lives) to the pride and honor that they felt as a nation. As an American of Canadian and German heritage, my self-identity is derived from my nationality and the strong sense of patriotism I feel coming from the United States and not from my ethnicity or history. With every new experience I felt in Korea I could only attempt to grasp what it is like to be from a country where my self-identity is not just from my nationality or from my heritage, but from both as they support each other in the symbiotic relationship of being from "One People." From now on every time I watch a Korean film, listen to Korean music, eat Korea food, or stand at the gate of a place like (Sodaemun Prison. The Japanese prison where Koreans who refused to conform to Japanese culture were held and executed), I remember what my experiences here in Korea have taught me; be proud of who you are, where you are from, and what all that means to others like you. And don't be afraid to try the Kimchi.

To further my Korean studies I volunteered to teach English at my local Church. Along with the discovery of my general lack of teaching ability, I began to see that with the act of giving my time and effort I was the one who learned the most. I saw a people whose language, culture, and general attitude towards life stirred within me a sense of wonder and discovery that began to influence my life in ways I could never have imagined. I began spending my free time at the local Children's Orphanage, Sungrowon, and trying to give back to the country that had taught me so much about myself. I had changed my College Major to Asian Studies, began the process to change my Military Occupation to Asian Language and Cultural Specialist (38B, Civil Affairs Specialist), and even volunteered to make my official duty language (For Civil Affairs) Korean for the rest of my military career. The more I tried to think and understand in Korean the more every new experience began to move me to the point where even the simple act of eating boiled eggs while taking a trip on the train took on all new meaning to my life. I began to experience life to the fullest and for the first time felt a sense of identity, belonging, acceptance with every new discovery with my new found friends and family. With my students, the children, my fellow Soldiers, and the people I had come to call brothers, I forged memories that will last (and influence) a lifetime.

I still can't remember the first time I felt these emotions, nor do I need to. Korea and her people have influenced me in all aspects of my life. From Mr. Kim's life lessons, to Korean Culture's new experiences, to the new found memories created through friendship, Korea has become the second only to God and my family to things that have made me into the man I am today. With my departing the peninsula in November I may leave this home, but the learning and sharing will continue long after. In Korea I was confused, but also enlightened. In Korea I feared the unexpected, but anticipated the unknown. In Korea I loved, but also had my heart broken. In Korean I laughed until I cried, but cried because I was sad. In Korea I taught more than ever before, but learned more than ever thought possible. In Korea I lived life.

Love live Korea. Love live life.

대한민국 만세, 인생 만세

재민 에드워드 바셋티 하사

미8군

내가 언제 처음으로 두통이 있을 때 "아파"라고 표현했는지 기억이 잘 나지 않는다. 내가 언제 처음으로 지하철 칸으로 들어오시는 연세든 할머니를 보고 일어나 수줍게 인사를 하며 "앉으세요"라고 말했는지 기억이 나지 않는다. 그리고 내가 일상 속에서 언제부터 놀라거나 답답할 때 "아이구"라는 표현을 쓰기 시작했는지 내 부단한 노력에도 불구하고 영영 기억해내지 못할 수도 있다. 하지만 언제부터 이러한 한국문화가 나에게 익숙해졌는지는 알 수 없더라도, 이제는 도로의 오른쪽에서 차를 운전하는 거나 누군가 재채기를 하였을 때 "God bless you"라고 말하는 것만큼이나 내 삶의 일부분이 되었다. 내가 한반도에 처음 도착한 지도 거의 2년이 지났다. 이제는 내 제2의 고향과 같아진 이곳에서 얻은 인생의 교훈과 새로운 경험들, 그리고 소중한 기억들이 때로는 너무 적게 느껴지기도 하지만, 내 마음 한 곳에는 영원히 머물러 있을 것이다.

　한국으로의 발령 소식에 나는 여느 보병 출신이 그렇듯 약간은 혼란스럽고, 떨떠름하고, 실망스러웠다. 나의 "실전이 벌어지는 곳"으로 가고 싶은 마음과는 달리 낯선 나라를 위해 싸우러 가는 것이 아니라 지키러 가는 것은 내 군사적 능력을 오용하고 군사경력에 오점을 남기는 것만 같았다. 2008년 3월 18일 비행기에 탑승했을 때 나는 비행기 내 유일한 미국인이었고 세 가지로 이루어진 기내식 메뉴판은 너무나 이국적이어서 음식 이름조차 발음할 수 없었다. 하지만 미래의 주변 환경에 절대로 익숙해지지 못할 것이라 낙담을 하고 있을 때쯤 나는 한국의 가장 큰 미덕 중 하나인 환대를 경험하게 되었다. 내 옆 좌석에 앉아 있던 50대쯤 되어 보이는 중년 신사 분은 메뉴판을 보며 혼란에 빠진 나를 보자 자신을 김선생이라 소개한 뒤 도와주겠다고 하였다. 4코스 요리로 구성되어 있는 비빔밥 점심을 먹으며 우리는 한국의 음식, 문화, 영화, 음악, 그리고 심지어 사랑과 데이트 풍습에 대해서까지 이야기를 나누기 시작했다. 16시간의 비행 동안 우리는 13시간 이상을 대화하며 보냈고, 유일한 휴식시간은 기내에서 상영하는 한국영화를 보는 시간이었다. 하지만 그조차도 끝난 뒤 한국영화와 미국 영화 문화가 어떻게 다른지 이야기할 수 있는 새로운 소재거리가 되었다. 비행기가 착륙할 즈음 나는 한국어로 음식을 주문하고, 자신을 소개하고, 심지어 여자의 전화번호를 물어볼 수 있을 정도가 되었다. 하지만 가장 중요한 것은 한국인들이 얼마나 친절하고 정중한지에 대한 나의 새로운 이해였다. 김 선생님은 나를 기억 못 할지도 모르지만 나는 그분 덕에 한국에서 배운 인생의 가장 큰 교훈 중 하나를 늘 기억할 수 있게 되었다. 바로 어떠한 상황에서라도 계획을

했건 안 했건 언제나 인생으로부터 무언가를 배우려고 노력하라는 것
이었다.

그 후 몇 달간 나는 영화(올드보이), 음악(러브홀릭), 음식(삼겹살),
그리고 특히 관광명소(광화문) 등 한국 문화에 대한 모든 것들을 빨아
들이기 시작했다. 새로운 경험을 하면 할수록 한국인들이 어떻게 그
렇게 당당하고 단호한 민족이 될 수 있었는지를 더 잘 이해할 수 있었
다. 나는 오키나와에 살아 본 적이 있기 때문에 일본제국주의 결과물
을 직접 볼 수 있었다. 언어로부터 역사까지 오키나와의 과거와 유산
의 모든 자취는 그들 지배자의 것으로 대체되었다. 하지만 현대 한국
을 바라보면 그들이 예전 한때 일제 통치하에 있었으며, 민족 정체성
을 잃을 위협에 처했었다는 사실을 전혀 느낄 수가 없다. 한국어는 일
본어로 대체되었고 역사책은 불에 태워진 채 사람들은 일본식으로 이
름을 표기해야 했지만, 한국인들은 한 민족으로서의 자긍심과 명예를
때로는 자신들의 생명을 희생하면서까지 절대로 놓지 않았다. 캐나다
및 독일계 미국인으로서 내 자아 정체성은 내 국적으로부터 비롯된
것이며 조국에 대한 강한 애국심은 내 민족이나 역사가 아닌 미국으
로부터 오는 것이다. 나는 한국에서 새로운 경험을 거듭한 후에야 자
아 정체성이 국적이나 전통 한쪽에서만 비롯된 것이 아닌, "한 민족"
이라는 근본에서 비롯된 양쪽이 공존한 채 서로를 지탱하며 정체성을
형성한 국가의 사람으로 살아간다는 것이 어떤 의미를 갖는지 조금은
이해할 수 있었다. 그로부터 나는 한국 영화를 보거나, 음악을 듣거
나, 음식을 먹거나, 혹은 서대문 형무소와 같은 장소 앞에 서 있을 때
마다 한국에서의 경험을 통해 배운 것들을 되새겨보고는 했다. 자신
이 누구인지 그리고 어디에서 왔는지에 대해 자긍심을 갖고, 그것이

나와 비슷한 다른 사람들에게 어떠한 의미를 주는지를 생각해보는 것이다. 그리고 김치를 먹어보는 것을 두려워하지 말자.

한국어 공부를 더 하기 위해 나는 동네 교회에서 영어 교육봉사를 하였다. 부족한 내 교육적 능력의 발견과 더불어, 나는 시간과 노력을 들일수록 가장 많이 배우는 사람은 결국 나라는 사실을 깨달았다. 내가 바라보는 사람들의 언어, 문화, 그리고 인생에 대한 전반적인 태도는 내 안의 무언가를 꿈틀거리게 했그, 그것을 통한 발견과 놀라움은 내 삶을 지금껏 내가 상상조차 하지 못한 방식으로 바꾸기 시작했다. 나는 여가시간을 동네에 있는 고아원인 성로원에서 보내기 시작했고, 나 자신에 대해 너무나 많은 것을 가르쳐 준 이 나라에 보답을 하기 위해 노력했다. 나는 대학 전공을 동양학으로 바꿨고, 내 군사 주특기를 아시아 언어 및 문화 전문가(38B, 민사 전문가)로 바꾸는 절차를 밟기 시작한 뒤, 남은 군생활의 공직 언어를 한국어로 바꾸는 것까지 지원했다. 내가 한국인처럼 생각하고, 이해하려고 노력할수록 새로운 경험들이 나를 더욱 더 움직이게 했그, 나중에는 심지어 기차여행 도중 삶은 달걀을 먹는 것과 같은 단순한 행동조차도 내 인생에 새로운 의미를 부여하기 시작했다. 인생을 최고치로 경험하기 시작했고, 새로 찾은 친구들 및 가족과 함께하는 새로운 발견마다 삶에 있어서 처음으로 정체성, 소속감, 인정 등을 느끼기 시작했다. 나의 학생들과 아이들, 전우들, 그리고 형제라고 부르게 된 사람들과 일생 동안 기억되고 나에게 영향을 끼칠 추억들을 만들었다.

내가 언제 이러한 감정들을 처음 느꼈는지는 아직도 기억할 수 없지만, 그런 건 중요하지 않은 듯하다. 한국과 한국인들은 내 삶의 모든 방면에서 나에게 영향을 끼쳤다. 김 선생님의 교훈에서부터 한국

문화의 새로운 체험, 그리고 우정을 통해 새로 창조된 추억까지 한국은 오늘날 나를 있게 한 것들 중 하나님과 가족 다음이 되어버렸다. 한반도를 떠나는 11월에 나는 이 집을 떠나가겠지만 가르침과 나눔은 계속될 것이다. 한국에서 나는 혼란스러웠지만 많은 깨달음을 얻었다. 한국에서 나는 예기치 않은 것들을 두려워했지만 알 수 없는 것들을 기대했다. 한국에서 나는 사랑을 했고 또한 비통해했다. 한국에서 나는 눈물이 날 때까지 웃었으며 슬펐기에 눈물을 흘렸다. 한국에서 나는 그 어떤 때보다도 많이 가르쳤지만, 가능할 것이라고 생각되는 것 이상으로 더 많은 것들을 배웠다. 한국에서 난 인생다운 인생을 살았다.

대한민국만세 (Love live Korea). 인생 만세 (Love live life).

At the Border's South

SGT Choe, Byungwoo
8th Army, DLD-G(Digital Liaison Detachment-Ground

200 stone steps built into the mountain slope lie ahead, while 200 were behind. To the right were glimmering lights of civilization. Lonely, but assuring, they illuminated the region like stars in the winter sky. To the left, nothing existed behind the barbed wires but only black darkness as if this was the verge of the world's end. Thermometer hanging outside the window was showing -15° C(5° F) in the longing silence. I was standing in one of the northernmost part of South Korea with soldiers stationed at Gachilbong Observation Post within the DMZ. I was at the border's south

"It would not be so damn cold if they would keep the door closed," SFC Villareyna muttered when somebody kicked the wooden door open. One of the Korean soldiers came inside and told us we had to move to the next post. We gathered our equipment once again and headed out to face the cruel winter of the mountains. It was too cold and the rising wind only made everything worse. We slowly pushed through 400 series of steps to reach the next post. It seemed like days when it was only hours since we took off from Camp Long and arrived at the 21st Infantry Division Headquarters in the afternoon for a DMZ patrol experience mission. Following a welcome and a safety briefing by the Division Commander and his staff, we were transported to the Observation Post and then to our respective posts. Four soldiers were stationed in each post: two Korean soldiers augmented by two American soldiers. The task seemed quite easy. We had to keep guard in each post and move to the next one when another party came in to rotate. This would be repeated through the night for 8 hours.

It was not long before I realized I was wrong. What looked like steps from afar were actually largely cut pieces of stones hammered onto the vertical mountain range. Each stone seemed at least a foot high. There had been a lot of snow just two days ago and the ice on the uneven surface made the stones very slippery. It was better to pull ourselves on the rope marking the trail than trying to climb the steps. I slipped once on the ice that I did not see. Fortunately, SFC Villareyna grabbed my arm as I was falling and told me to stay awake. I was afraid my knees would give out and hoped we could take off our full battle gear but knew better. The whole group was soon groping more oxygen and sweating inside out despite the temperature. We rested after we finally reached the next post.

Bad as the whole experience seemed, the worst part was not the physical pain but the awkward silence permanently hanging between the Korean and American soldiers. The uncomfortable atmosphere started the moment American soldiers appeared in the barracks. The sudden appearance of foreign soldiers and their strange equipment alarmed the Korean soldiers. They stiffened behind the wooden doors and watched American soldiers unload the gears and prepare for the night's patrol mission. The uneasiness continued on even when we were grouped into different parties and sent out to start the mission. Three hours later, SFC Villareyna, and I were standing here inside the post with two other Korean soldiers and we were still enwrapped in the awkwardness. Both sides avoided meeting each others'eyes and only stood facing the emptiness to the north.

SFC Villareyna brought out his knapsack and cut off two pieces of chocolate. "Here," he said. "You need energy to keep the body warm."

The two Korean soldiers looked very surprised by the sudden gesture. I quickly interpreted the words and handed them the chocolate. They murmured "thank you" and commenced to eat. After a while, SFC Villareyna took out more snacks and we all ate. Then, the Korean soldiers took out their own snacks and we all ate more. Everyone was smiling a little.

"They seem a little better," SFC Villareyna said.

An idea came to him. "Girl friend?" he asked the Korean soldier next to him. He waved his hand but pointed to the other soldier. "Girl friend?" he asked again. The other soldier nodded his head vigorously and said something in Korean.

"What did he say?"

"He was asking if you have a girl friend, sergeant," I interpreted. SFC Villareyna brought up 4 fingers and everyone started laughing. We seemed more like a team now. We were standing inside the post sheltered from the blistering cold outside and talking about our different lives. The two soldiers were Sergeant Kwak and Corporal Byun. They came to serve in the Army after finishing two years of college to complete their mandatory military service just as I have. SFC Villareyna went on to tell his war stories from Iraq. Sergeant Kwak and Corporal Byun were especially curious about American battle gear. They held the M16 and were curious about how it differed from their own rifle. I wanted to know the two soldiers' opinion towards the North Korean Soldiers on the other side of the border. Quite different from my expectation, there was no hatred in their answer.

"I feel pity towards them," Corporal Byun said. "Through the barbed wires, we see what kind of lives they live every day. I hope the two Koreas reunify and put an end to the whole misery."

There was asound of a great explosion nearby within the DMZ. We stood upright and held our rifles tightly. Sergeant

Kwak quickly made some radio communication while Corporal Byun looked ahead with his night vision binocular. The sound silenced and pulled everyone back to reality. This was no picnic; it was a real mission with the real enemy on the other side. No matter what each soldier felt for the North Koreans, the war between the two countries did not end and the tension should never be relaxed. The sound reminded everyone the reason they were standing on this spot: to defend a country.

Thankfully, Sergeant Kwak told us after making a few more radio communications the explosion was just an animal stepping on a mine within the DMZ. It frequently happened. The rest of the shift strolled through in peace. We climbed up and down several more times before the entire shift was dismissed from duty and back in the barracks preparing to sleep. Reluctant to let their partners leave early in the morning without a proper farewell, Korean soldiers held a small cup noodle party with the American soldiers. Sergeant Kwak and Corporal Byun were there with us. The uncomfortable atmosphere that existed just eight hours ago was refilled with friendship. American soldiers invited the Korean soldiers to Camp Long with the hope of them visiting in the future. After the party, we all stood up and shook hands in the dark. "Good night," we all said to each other. We were deadly sleepy.

The next day's schedule progressed quickly. There was a breakfast with the Regiment Commander, as well as some more briefings about the patrol units and their mission.

Pictures and awards took place of a farewell. Back in the bus, on homeward bound, shoulders were aching and legs were hurting. Despite the tired body, however, everyone certainly felt they were coming back with more than they came with. I kept thinking about the two new friends that I met last night. SFC Villareyna had called them his "brothers" before the patrol was over. I asked him whether he really considered them his "brothers." Instead of replying back, SFC Villareyna put both of his thumbs up and smiled. I smiled back with my thumbs up. Then, we were very tired so we did not talk anymore and went back to sleep again. It was a wonderful experience.

국경의 남쪽

병장 최병우
미8군 DLD-G

200개의 돌계단이 비탈길을 따라 앞에 박혀 있었고, 200개는 뒤에 있었다. 오른쪽으로는 문명의 빛이 존재했다. 그 수 만개의 빛은 영원한 겨울 밤하늘의 별처럼 외롭게 바람에 따라 깜박거렸다. 왼쪽으로는 아무것도 보이지 않는 검은 공간이 있었다. 더 정확히 표현하자면 아무것도 존재하지 않는 무의 공간이었다. 철조망 사이로 보이는 내 앞이 이 세상의 끝이라 누군가 말해줬어도 나는 믿었을 것이다. 창 밖에서 흔들리는 온도계는 영하 15도를 가리켰다. 나는 DMZ 내에 위치한 가칠봉 관측소의 병사들과 함께 대한민국의 가장 북쪽에 서있었다. 나는 국경의 남쪽에 있었던 것이다.

"젠장. 문을 닫고 있기만 해도 이 정도로 춥지는 않을 거야." 누군가 다시 나무문을 발로 차자 비야레나 중사가 중얼거렸다. 한국군 병사 한 명이 안으로 들어와 우리가 다음 초소로 이동해야 한다고 말했다. 우리는 장비를 다시 한 번 챙겼고 산악의 혹독한 겨울과 맞서기 위해 밖으로 나갔다. 이곳의 날씨는 너무나 냉혹했고 멈추지 않는 바람은 모든 걸 더 악화시킬 뿐이었다. 우리는 다음 초소로 가기 위해 천천히 400개의 계단을 다시 딛고 올라가기 시작했다. DMZ 경계체험을 위해 캠프 롱을 떠나 21사단 본부에 도착한 것은 몇 시간 전이었지만 이미 며칠이 지난 듯했다. 사단장과 참모들의 환영회 이후 우리는 관측소로 이동했고 각자의 초소로 보내졌다. 각 초소에서는 한국군 병사 2명과 미군 2명으로 이루어진 4명이 한 팀이 되어 근무를 서게 되었다. 우리의 임무는 상당히 쉬운 듯했다. 해야 될 일이라곤 초소에서 경계를 서다 다른 팀이 교대를 위해 도착하면 그 다음 초소로 움직이는 것뿐이었으니. 이 작업을 밤새 8시간 동안 반복하면 우리는 임무를 완수하게 되는 것이었다.

내가 완벽히 착각을 하고 있었다는 것을 알기까지 그리 오랜 시간이 걸리지 않았다. 멀리서 계단처럼 보였던 것들은 실제로 험한 비탈길에 박혀있는 큰 바위들이었다. 그리고 그 바위들은 높이가 적어도 30cm 이상은 되어 보였다. 며칠 전에 대설이 내렸었고, 고르지 못한 바위에 낀 얼음은 매우 미끄러웠다. 그런 계단을 오르는 것보다 차라리 계단 옆에 길게 늘어진 밧줄을 잡아 몸을 당기는 편이 더 효과적이었다. 한번은 보이지 않는 얼음에 미끄러졌다. 다행히도 비야레나 중사가 떨어지는 나를 잡아주었다. 그리고는 나보고 이곳에서 잠이 들면 살아남기 힘들 것이라 말해주었다. 나는 완전군장 때문에 무릎이 나갈 지경이었지만 이런 곳에서 방탄복을 벗는다는 것은 목숨을 담보로 하는 행위라는 것을 잘 알고 있었다. 팀원들은 곧 숨을 헐떡거렸고 영하인 온도에도 불구하고 땀에 흠뻑 젖기 시작했다. 우리는 다음 초소에 도착한 후에야 쉴 수 있었다.

하지만 정말로 힘들었던 것은 이러한 육체적 고통이 아닌 양국의 병사들 간에 존재하는 침묵이었다. 이런 불편한 분위기는 미군들이 한국군 병사들의 막사에 나타난 순간부터 시작되었다. 갑자기 나타난 외국 병사들의 존재는 한국군 병사들을 놀라게 하기에 충분했고, 미군들의 커다란 장비는 그들의 경계심을 더욱 키웠다. 그들은 나무 문 뒤에 뻣뻣하게 숨어 미군들이 장비를 내려놓고 밤에 있을 경계 임무를 준비하는 것을 지켜봤다. 그리고 인원들이 팀으로 나눠져 임무를 시작할 때까지도 두 그룹은 서로에 대한 경계심을 늦추지 않았다. 그 후 3시간이 지났지만, 비야레나 중사와 나는 여전히 2명의 한국군 병사와 초소 안에서 침묵에 둘러쌓인 채 서 있었다. 우리는 서로의 눈을 마주치는 것을 피하기 위해 북쪽의 공허한 공간만을 바라볼 뿐이었다.

비야레나 중사가 가방을 꺼냈고 초콜릿 두 조각을 잘랐다. "여기, 체온을 유지하려면 에너지가 필요하다고." 말하며 그가 내밀었다.

2명의 한국군 병사들을 갑작스러운 행동에 매우 놀란 듯했다. 나는 그 순간을 놓치지 않고 재빨리 티야레나 중사의 말을 통역해준 다음 초콜릿을 나누어주었다. 그들은 "고맙습니다."라고 나직하게 말한 뒤 조심스럽게 먹기 시작했다. 조금 뒤 비야레나 중사는 군것질거리를 더 꺼냈고, 우리는 모두 함께 먹기 시작했다. 그러자 한국군 병사들이 건빵을 꺼내서 건네주었고 우리는 조금 더 먹었다. 다행히도 모두 조금씩 웃기 시작했다.

"조금 나아 보이는군." 비야레나 증사가 말했다. 그리고는 갑자기 아이디어가 떠오른 듯 "여자친구?"라고 옆에 있는 한국군 병사에게 물어봤다. 그 병사는 손사래를 쳤지만 옆에 있는 병사를 손가락으로 가리켰다. "여자친구?"라고 중사가 다시 물어보자 다른 병사는 고개를 열심히 끄덕이며 한국어로 무언가 말을 했다.

"방금 뭐라고 그런 거야?"

"비야레나 중사님께서도 여자친구가 있느냐고 물어봤습니다." 내가 통역을 하자 비야레나 중사가 손가락 4개를 펴보였고 모두들 웃기 시작했다. 우리는 이제 조금 더 팀같이 느껴졌다.

밖에는 혹독한 추위가 계속해서 이어졌지만 우리는 초소 안에서 서로 각자의 다른 인생에 대해 오순도순 이야기를 하기 시작했다. 2명의 한국군 병사들은 곽 병장과 변 상병이었다. 그들은 내가 그랬듯 대학 2년을 마치고 병역의무를 다하기 위해 입대를 했다고 말했다. 비야레나 중사는 이라크에서 있었던 무용담을 늘어놓기 시작했다. 곽 병장과 변 상병은 미군의 장비에 대해 많은 관심을 보였다. 그들은 우리의 M16을 빌려 잡아보며 한국군이 쓰는 K2와 비교를 했다. 나는 국경의 반대쪽에 있는 북한 병사들에 대한 두 병사의 의견을 알고 싶었다. 하지만 내 예상과는 달리 그들의 대답에서 일말의 증오심도 찾아볼 수가 없었다.

"너무 불쌍하다고 생각돼요." 변 상병이 말했다. "저희는 철조망을 통해 그들이 어떤 삶을 살아가는지 매일 보거든요. 남한과 북한이 빨리 통일이 되서 이런 비극이 빨리 끝났으면 합니다."

순간 DMZ 내에서 엄청난 폭발음이 울려 퍼졌다. 우리는 재빨리 제 위치로 돌아가 두 손으로 총을 꽉 쥔 채 서 있었다. 곽 병장은 초소에 있는 전화로 긴급히 통신을 했고, 변 상병은 야시장비로 전방을 살

폈다. 폭발음은 모두를 침묵시키고 다시 현실로 돌아오게 했다. 이건 야간소풍이 아니었다. 실제 적이 반대쪽에 위치한 진짜 임무였다. 각 병사가 개인적으로 북한에 대해 어떤 생각을 갖고 있든 양국의 전쟁은 아직 끝나지 않았고, 그렇기에 긴장을 절대 늦출 수 없었다. 폭발음은 우리가 지금 이곳에 서 있는 이유를 모두에게 다시 한 번 상기시켰다. 우리는 한 국가를 지키기 위해 이곳에 서 있는 것이었다.

곽 병장이 전화를 몇 군데 더 해보더니 폭발음이 DMZ 내에서 동물이 지뢰를 밟은 것이라고 말해주었다. 정말 다행이었다. "멧돼지예요. 종종 일어나는 일이죠." 남은 근무는 조용히 흘러갔다. 우리는 근무가 끝나기 전까지 산을 몇 번 더 오르고 내렸다. 근무가 끝난 다음에는 막사로 돌아가 잘 준비를 했다. 한국군 병사들은 미군 파트너들을 아침 일찍 송별회 없이 그냥 보내는 게 아쉬웠는지 우리를 위해 작은 컵라면 파티를 열어주었다. 곽 병장과 변 상병도 우리와 함께 참석했다. 8시간 전만해도 불편했던 우리들의 관계는 어느덧 돈독해져 있었다. 미군들은 한국군 병사들에게 언젠가 캠프 롱을 방문하라며 초대했다. 파티가 끝난 후 우리는 모두 일어나 어둠속에서 서로 악수를 하였다. "푹 쉬세요"라고 우리는 서로에게 말해주었다. 우리는 정말로 너무나 피곤했다.

다음날 일정은 빨리 진행되었다. 연대장과 함께하는 조찬이 있었고, GOP 경계부대와 임무에 대한 프레젠테이션이 더 있었다. 공식적인 송별회는 없었지만 상장 수여식과 많은 사진촬영이 있었다. 버스에 다시 올라 캠프로 돌아가는 길에 어깨는 쑤셨고 다리는 아팠다. 하지만 비록 육체적으로 피곤하기는 했지만 모두들 캠프를 떠날 때보다 훨씬 더 많은 것을 안고 다시 돌아간다는 생각을 했다. 나는 계속해서 어제 밤 새로 만난 두 '친구'에 대해 생각하게 되었다. 경계근무가 끝나기 바로 전에 비야레나 중사는 그들은 '형제'라고 불렀었다. 나는 그에게 정말 그들을 진정한 '형제'로 생각하는지 물어봤다. 비야레나 중사는 답변을 하는 대신 웃으며 엄지손가락을 들어올렸다. 나 또한 엄지손가락을 두 개 들어올리며 웃었다. 그 후 우리는 너무나 피곤하였기에 더 이상 얘기를 하지 않고 다시 잠이 들었다. 너무나 좋은 경험이었다.

Very Warm and Friendly People

SFC Sean Christopher Kerley
8th Army Band

My first experience of life in Korea began in New York City when I boarded a Korean Air flight bound for Seoul. I was a young Soldier, and aboard that flight, one of only three or four Westerners. This did not intimidate me, as the flight attendants were very kind, and several of them spoke very good English. I assumed from this experience that most Koreans would speak English, and as I will explain later, this assumption was wrong.

Aboard the flight, I was given the option of a Western meal or a Korean meal. Being the adventurous type, I chose the Korean meal, which was bibimbap. Bibim means "mountain vegetable" and bap means "rice". Granted, this was airplane food, but between the kochujang (red pepper paste) and the sesame oil, I was getting my first taste of authentic Korean food, and I liked it. I asked the attendant to write the name of this dish down in Korean so that I could try it later at a restaurant. Of course, the restaurant version was even better, and I gained a new dish among my favorites.

Upon arrival at my unit the barracks was full, and there was no room available for me. Fortunately I knew a married couple within the unit, and they let me sleep on their couch for a few nights until one of the barracks rooms became available. In order to give them a little privacy, I decided to go out for a walk one evening. I knew only "Kamsa Hamnida" and "Annyong Haseyo" (thank you and hello) in Korean, but like I said, I'm the adventurous type. So off I went.

Armed with 30,000 won ($25 or so back in 1998), I went out to explore a new culture. I did not plan to do anything spectacular, just to walk around with my eyes wide open. I only really saw some city streets and a little of the 'hustle and bustle' of Seoul that night. But I did receive a very good lesson in cultural bias. After a couple of miles, I began to get thirsty. I stopped at a small corner market and asked for some water. I asked in English, as at the time I didn't speak enough Korean to ask for anything. The gentleman behind the counter gave me a bottle of beer. I shook my head 'no' and told him I wanted water. He then gave me juice. This went on through milk, soda, and several other drinks, but no water. After my experience on the airplane, I couldn't understand why he didn't speak English. It's the universal language, right? Finally, as a half joke I said, "Agua por favor." I could see the comprehension in his expression, and he got me a bottle of water. And then it hit me...he was Korean, and rather than learn English, he had found more need to learn Spanish at some point.

It was the agua incident that changed my perspective of Korea. I had assumed (there's that word again) that Koreans were completely reliant upon America, militarily, financially, and culturally. Wrong, wrong, and wrong again. Why would this man learn Spanish? Why would it even be offered in school? I could see Chinese or Japanese, but I thought that English would be of much more use. But the fact is that Korea is not dependent upon America, and some people here choose other languages to learn besides English.

So if not an impoverished nation full of America-dependent people, then what is Korea all about? In my experience, Korea is about tradition. A proud people, and rightfully so, Koreans still hold to many of their cultural traditions. Traditions such as Pan Sori, a form of music that is performed by one vocalist and one drummer, telling ritualistic stories that have been passed down for countless generations. Also carefully preserved in Korea is the traditional clothing. The daily outfit is basically what any Westerner would wear, but the Han Bok is still worn on special occasions. Often brightly colored, the Han Bok is a beautiful reminder of the rich heritage of Korean culture. There are still Korean folk villages that can be toured, and incredible places like the Kyongbok palace in Seoul. All of these things preserve Korean history and culture for everyone to see.

Another thing that I have noticed about Koreans is that they are very warm and friendly people. The man in the store who brought me my 'agua' never lost his smile. He stuck in there, and helped me get what I needed, even though I was surely inconveniencing him. How many times have we seen someone in America lose patience with a foreigner at the first sign of a misunderstanding?

Of course, there are exceptions, and every once in awhile foreigners are not made to feel so welcome here. I was in the Samgakchi subway station just a few weeks ago with my wife, who happens to be Korean. She was walking a few steps ahead of me, so it was not obvious that we were together. Walking by a group of older Korean women, I heard one of them remark, *"Wey weiguk saram mani eso?"* (Why are there so many foreigners here?) Her tone of voice was not simply curious, it was disdainful. She obviously didn't think that I would be able to understand her. So I made eye contact with her, and walked up to her very purposefully. I told her, "Nanun weiguk saram...Na kuenchana?" (I'm a foreigner...am I OK?) The look of surprise on her face was priceless. I kept smiling as her friends fussed at her for making a scene. But incidents like that are few and far between. Most of my experiences with Korean people are very pleasant, and I come away from these experiences feeling rewarded.

Take for example, my mother in law. "Umma," as I call her

is as kind as anybody I've ever known. I am unable to be in the same house with her without her offering to feed me. Her house, or our house, it makes no difference. She is going to offer me food every time. I think part of that comes from growing up during the Korean War, and the hard times immediately following. She was actually one of the thousands of people who marched from Seoul to Busan when the allies were getting routed. She was only a child, and to have come through such an experience at such a young age is simply amazing to me. And through it all, she has remained a very kind, loving woman who above all else values her family, which includes me.

So my experiences in Korea have been amazing. This is now my second tour here, and I love living in Seoul. A very metropolitan city, every bit as modern as Los Angeles or Tokyo, Seoul also has a rich heritage that goes far back in history. The people here are very kind, and will help you with a smile on their face. There are many things to do, from the traditional cultural sights to the modern spots, such as nore bang (Karaoke bar.) I have served all over the world, including several locations in America, Korea, Germany and Iraq. I will always love America the best, but my favorite overseas location is Seoul, Republic of Korea.

따듯하고 친절한 사람들

신 크리스토퍼 컬리 하사
미8군 군악대

한국에서의 나의 삶은 서울로 향하는 대한항공 비행기를 뉴욕에서
탔을 때 시작됐다. 나는 당시 어린 사병이었고, 그 비행기에 탑승한
3~4명밖에 되지 않는 서양인 중 한 명이었다. 하지만 승무원들은 매
우 친절하였고 일부는 영어를 유창하게 구사하였기 때문에 이러한 사
실이 두렵지는 않았다. 나는 이 경험을 통해 대부분의 한국인들이 영
어를 잘 할 것이라 생각했다. 하지만 나중에도 설명을 하겠지만 그것
은 굉장히 빗나간 추측이었다.

기내식으로는 양식 혹은 한식을 선택할 수 있었다. 모험적이었던
나는 한식을 선택했고, 비빔밥이 나왔다. "비빔"은 "산나물"이란 뜻
이고 "밥"은 "쌀"이라는 뜻이다. 비록 기내식이기는 했지만, 고추장
과 참기름 사이에서 나는 진짜 한국 음식을 처음으로 맛볼 수 있었
고, 상당히 만족스러웠다. 나는 나중에 식당에서 이 음식을 다시 시

도해 볼 수 있도록 승무원에게 음식의 이름을 한글로 적어달라고 부탁했다. 물론 식당에서 먹은 것이 훨씬 더 맛있었고, 비빔밥은 곧 내가 가장 즐기는 음식 중 하나가 되었다.

내가 자대에 도착했을 당시 막사가 꽉 차있었기 때문에 나를 위한 빈 방이 없었다. 하지만 나는 다행스럽게도 부대 내에 있는 결혼한 부부를 알고 있었고, 그들은 막사에 빈 방이 생길 때까지 나를 집에 있는 소파에서 며칠간 재워주었다. 하루는 저녁 때 부부끼리 시간을 가질 수 있도록 나 혼자 밖으로 산책을 나갔다. 내가 아는 한국어라고는 오직 "감사합니다"와 "안녕하세요"밖에 없었지만, 나는 아까도 말했듯 모험적인 사람이기에 무작정 출발했다.

나는 30,000원으로 무장한 채 (1998년 당시 $25 정도) 새로운 문화를 탐험하기 시작했다. 거창한 것을 계획하기보다는 눈을 크게 뜨고 걸어다니는 것에 주력했다. 그날 밤 결국 북적거리는 도시 길거리의 일부밖에 보지 못했지만, 문화적 편견에 관한 좋은 교훈은 한 가지 배울 수 있었다. 길거리를 몇 마일씩 걸어다니자 나는 목이 마르기 시작했고 작은 슈퍼마켓에 들러 물을 달라고 했다. 나는 당시 한국어를 하지 못했기에 영어로 질문을 했다. 그러자 카운터 뒤에 있는 남자가 나에게 맥주 한 병을 건네주었다. 나는 아니라고 고개를 저은 뒤 내가 원하는 건 물이라고 말했다. 그러자 이번에는 주스를 주는 것이었다. 그 다음은 우유였고, 소다와 다른 음료수를 다 꺼냈지만 정작 물은 주지 않았다. 나는 비행기에서의 경험을 돌이켜보며 왜 이 남자가 영어를 못 하는지 이해할 수 없었다. 영어는 세계 공용어가 아니었는가? 결국 나는 반 농담으로 "Agua por favor"라고 말을 했다. 그러자 남자의 이해한다는 표정을 지으며 나에게 물 한 병을 건네주었다. 순간

난 무언가를 깨달았다. 이 한국인 남자는 삶의 어느 시점에서 영어보다는 스페인어를 배우는 게 더 유용할 것이라고 판단한 것이다.

이 사건으로 인해 한국에 대한 나의 견해가 바뀌게 되었다. 나는 한국인들이 미국에 군사적, 경제적, 그리고 문화적으로 완전히 의존할 것으로 추측(여기서 이 단어를 다시 쓰게 된다)했다. 틀렸다. 틀리고 또 다시 틀린 것이다. 왜 이 남자는 스페인어를 배웠을까? 학교 정규 수업과정에 포함이 되어있기는 한 것일까? 중국어나 일본어였다면 이해가 갔겠지만 개인적으로 스페인어보다는 영어가 더 유용할 것이라 생각됐다. 하지만 현실은 한국이 미국에 의존적이지만은 않으며, 일부 사람들은 영어 대신 다른 언어를 배우기로 선택한다는 것이다.

이곳이 미국에 의존적인 사람들로 가득한 가난한 국가가 아니라면, 도대체 한국은 어떤 나라인 것인가? 내 경험에 비춰봤을 때 한국은 전통의 나라다. 한국인들은 아직까지도 여러 전통문화를 자랑스럽게 여기는 사람들이고, 거기엔 충분히 그럴 만한 이유가 있다고 생각된다. 광대 한 사람이 고수의 북장단에 맞추어 서사적인 이야기를 창극조로 부르는 민속악의 한 가지인 판소리와 같은 전통은 대대손손 이어져 내려오고 있다. 조심스럽게 보존되어 있는 또 다른 전통문화는 전통 예복이다. 물론 일상적인 옷은 기본적으로 서구 어디서나 볼 수 있는 옷들과 흡사하지만 한복은 아직까지도 특별한 행사에 관용되고 있다. 주로 밝은 색인 한복은 한국 문화의 찬란한 유산물이다. 한국에는 아직도 관광할 수 있는 민속촌이 있고, 서울 내에는 경복궁과 같은 엄청난 장소도 있다. 이런 모든 것들은 한국 역사와 문화를 누구나 볼 수 있도록 보존시켜 주는 것이다.

한국인들에 대해 깨달은 또 다른 점이라면, 그들이 매우 따뜻하고 친절한 사람들이라는 점이다. 슈퍼마켓에서 나에게 'agua'를 건네준 그 남자는 미소를 끝까지 잃지 않았다. 비록 내가 의사소통을 제대로 할 수 없음에도 불구하고 그는 계속해서 내가 필요한 것을 가져다주려고 도와주었다. 외국인들과의 불편한 의사소통 때문에 인내심을 쉽게 잃는 미국 내에서 흔히 볼 수 있는 사람들의 광경과는 완전히 상반되지 않은가?

물론 예외는 언제나 있다. 이곳에서도 이따금씩 외국인이 반겨지지 않는다는 것을 느낄 때가 있다. 몇 주 전 나는 한국인인 아내와 함께 삼각지 지하철역에 있었다. 아내는 나보다 조금 앞서서 계단을 걷고 있었기에 우리가 동행하고 있다는 것이 주위 사람들에게 명확하지 않았을 것이다. 나이 든 한국 여자들이 우리 근처에서 함께 걷고 있었고, 그들 중 한 명이 다음과 같은 말을 하는 것을 난 들을 수 있었다: "왜 외국사람이 많지?" 그녀의 말투는 단순한 호기심보다는 경멸에 더 가까웠다. 아마 그녀는 자신이 무슨 말을 하는지 내가 알아듣지 못할 것이라 생각했을 것이다. 그래서 나는 그녀와 시선을 마주친 채 일부러 그녀에게 다가간 다음 말했다. "나 외국사람… 나 괜찮아?" 그 순간 그녀의 놀란 모습은 어이없는 표정이 되었다. 나는 그녀의 친구들이 괜한 일을 벌였다며 핀잔을 주는 동안 계속해서 미소를 짓고 있었다. 하지만 이런 일들은 드문 편이다. 대부분의 한국인들과의 경험은 굉장히 유쾌했고, 나는 이런 경험으로부터 많은 보상을 받는다.

한 예로 우리 장모님이 있다. 내가 "엄마"라고 부르는 이 분은 내가 아는 그 어떤 사람보다도 친절하신 분이다. 장모님은 나와 같은 집에 있는 한 먹을 것을 끊임없이 나에게 해주려고 한다. 이건 장모님 댁에서든 우리 집에서든 마찬가지다. 장모님은 항상 나에게 뭘 먹어보라고 권한다. 내 생각에 이러한 관습은 6.25 전쟁과 전후 힘든 상황을 자라온 장모님의 어릴 적 배경도 영향이 있는 듯하다. 실제로 그녀는 연합군이 후퇴했을 당시 서울에서 부산까지 피난을 갔던 수천 명의 사람들 중 한 명이었다. 당시 어린 나이에 그런 엄청난 경험을 했다는 것이 나에게는 놀라울 따름이다. 그리고 그런 난관에도 불구하고 그녀는 가족을 (나를 포함해서) 그 무엇보다 소중하게 여기는 친절하고 사랑으로 가득하신 분이 되셨다.

그렇다. 한국에서의 나의 경험은 놀라웠다. 이번이 나의 두 번째 방문이고, 나는 서울에 사는 것을 사랑한다. 어느 면에서나 로스앤젤레스나 도쿄만큼 현대적 대도시인 서울은 긴 역사를 자랑하는 찬란한 유산들로 가득 차 있다. 이곳의 사람들은 매우 친절하고 늘 미소 가득한 얼굴로 당신을 도와줄 것이다. 전통적인 문화부터 노래방과 같은 현대적인 관광지까지 정말로 해 볼 것이 많은 곳이다. 나는 미국, 한국, 독일, 이라크와 같은 세계 곳곳에서 군 복무를 수행해왔다. 물론 나는 언제나 미국을 가장 사랑하겠지만, 가장 선호하는 해외 근무지는 바로 대한민국 서울이다.

Is Anyone There?

Jacqueline Kay Lee
8th Army HHC 2-9 IN BN (CAB)

I have never been a master of languages. I would like to
think I am rather good at English, but when it comes to a
second or third language, I can never quite wrap my head
around it. I took French in high school, and I was surprised
that my teacher would always compliment my pronunciation.
However, what she did not know was that to me, the pronunciation
was the easiest part. I just never said the last few letters of the
French word and it came out sounding accurate. So when my
husband Chin-Hwa and I decided that I would move to Korea
in March of last year, I let the excitement of the move override
my fear of the new language I would eventually butcher.

I told many people about our decision, and a few of my
friends asked me if I was going to try to learn Korean before I

came since my flight was not scheduled until the summer. I shrugged them off and fooled myself into believing that it would not be that difficult to get around without the language. Chin-Hwa comes from a Korean-American family and I thought I could just count on him to help me get around with the local community. He could be my interpreter who also helped out around the house. I had never lived in another country before, but I somehow assumed that I could predict just how difficult it would be for me to acclimate. Now, after living here for just over six months, I can tell that I underestimated the difficulty by a large margin.

I started to become nervous when I was on the long flight to Incheon International Airport. The flight attendants were slipping in between multiple languages with ease, and their confidence was intimidating. I was astounded by the fact that they were offering me a drink in English and then asking my neighbor what I could only assume was the same question but in a completely different tongue. I realized just how unprepared I really was, and I had no time to scramble. I didn' t even have a book about survival phrases. I was in for quite a journey.

Chin-Hwa and some of his family members picked me up after my flight, and I was struck by the fact that a large number of street signs had both English and Korean. I felt this was a good omen. Perhaps I would be able to make it after all . . . even though I couldn't even greet Chin-Hwa's family members properly. They were so nice and polite and I wanted to express my appreciation, so I did it non-verbally and smiled a lot while saying "Thank you" and hoping they were better at English than I at Korean.

I spent my first few days here in near silence when I wasn't on an Army post. I was used to being quite chatty throughout the day, but not knowing the language was enough to make me quiet quickly. This silence did mean that I was much better at listening. One of the first linguistic tidbits I picked up was that whenever someone answered their phones, they would say, "여보세요?" which sounds like, "Yuhbohsehyoh?" I, being somewhat intuitive and rather desperate, made the natural assumption that this phrase must mean hello. I felt this was the only conclusion I could have reached with my complete absence of knowledge of the Korean language. I memorized this phrase and clung to it like a life vest in a strange ocean. If I could learn how to say hello with such ease, the rest of the language would have to fall into place eventually.

Chin-Hwa began to teach me the Korean alphabet. We bought some Korean textbooks at a local bookstore and I began to slowly sound out simple phrases. Whenever I felt that the task of learning the Hangul alphabet might be insurmountable, I would recall the ease of "여보세요?" and I would feel comforted.

After I learned this phrase, I used it constantly. In a way, greeting people with "여보세요" made me feel as though I belonged. Sure, I was tall, white, blonde, and green-eyed, but gosh darn it, I could greet with the best of them. I spent the first two months of my time here using this greeting many times a day. I would pass random strangers on the street on my walks to post and greet them with a knowing, "여보세요." I called my friends and family back home to tell them how to say hello in Korean. I would even answer my phone with "여보세요?" just to feel the phrase roll off the tip of my tongue. I was in linguistic bliss.

I celebrated Chuseok with Chin-Hwa's Korean family members while he was away on a training exercise, and I greeted them with my customary phrase. I smiled as I said it and I felt proud. I didn't understand why they were laughing, but I chalked it up to paranoia and struggled through the rest of the bilingual lunch meeting. This laughter should have been my first clue.

It wasn't until mid-October that I learned what "여보세요" really meant. I was meeting a friend of a friend and they both spoke Korean. When I shook my new friend's hand, I said "여보세요" with a confident smile. They both burst into laughter.

It was on this day, nearly two months after my arrival to Korea, that I finally learned what "여보세요" meant. I finally learned what I had been mumbling for my last two months. I finally comprehended the fact that I greeted Chin-Hwa's family members with, "Is anyone there?"

Needless to say, I was devastated. My life vest was a false friend. When I came home, my husband received quite the interrogation. I asked him how he could let me continue to say such ridiculous statements. He maintained that he did not ever hear me utter the phrase in his company. I was not sure whether to believe him, but I let his excuse stand. All I asked in exchange was that he would teach me the real way to say hello.

"안녕하세요!"

거기 누구 없어요?

재클린 케이 리
미8군 본부중대

나는 언어에 있어서 항상 취약했다. 영어는 조금 자신이 있지만, 제2 혹은 제3외국어는 내겐 쥐약이다. 나는 고등학교에서 불어를 공부하면서 선생님께서 항상 나의 발음을 칭찬하시는 것에 놀랐다. 선생님께서 모르셨던 것은 나에게 있어 발음은 가장 쉬운 부분이었다는 것이다. 나는 항상 불어 단어의 마지막 몇 글자를 발음하지 않았기에 발음이 정확한 것처럼 들리는 것뿐이다. 그래서 작년 3월 친화(남편)와 내가 한국으로 가기로 결정했을 때, 나는 새로운 환경에 대한 기대감으로 내가 앞으로 고생하게 될 새로운 언어에 대한 두려움을 털어버리기로 했다.

주위 사람들에게 우리의 결정에 대해 이야기를 했을 때, 일부 친구들은 비행기표가 예약되어 있는 여름 전까지 시간이 있는 만큼 한국에 가기 전에 한국어를 배울 거냐고 물어봤다. 하지만 나는 이를 대수

롭지 않은 일이라는 듯 넘겼고, 언어를 모르는 체 사는 것이 그리 어
렵지 않을 거라 바보같이 생각했다. 남편이 재미교포 출신이기 때문
에 남편에게 조금만 의지한다면 동네에서 살아가는 데 전혀 지장이
없을 것만 같았다. 그가 내 통역이자 집안일을 도와주는 사람이면 되
는 것이었다. 나는 다른 나라에서 살아본 적이 한 번도 없었지만, 왠
지 내가 새로운 환경에 적응하는 게 그리 어렵지 않을 것이라 추측했
다. 하지만 이곳에 도착한 지 6개월이 지난 지금, 나는 그 추측이 실
제 겪을 어려움을 얼마나 과소평가한 것인지 깨닫고 있다.

인천국제공항으로 향하는 장거리 비행기에 탑승했을 때서야 드디
어 긴장이 되기 시작했다. 승무원들은 여러 언어를 구사하며 승객들
을 편안히 대접했고, 언어에 대한 그들의 자신감은 나를 놀라게 했다.
나는 그들이 나에게 영어로 무엇을 마시겠냐고 물어본 다음 내 옆에
앉은 승객에게는 같은 질문을 아예 다른 언어로 하는 것을 보고 깜짝
놀랐다. 나는 그제야 내가 얼마나 준비가 덜 되었는지, 그리고 이제는
더 이상 준비할 시간이 없다는 것을 깨달았다. 나는 심지어 가장 기본
적인 문구를 가르쳐주는 책조차 갖고 있지 않았다. 나의 힘든 여정은
그렇게 시작된 것이었다.

내가 공항에 도착하자 남편(진화)과 남편의 가족이 나를 마중 나왔
다. 서울로 향하는 길에 많은 길들이 한글과 영어 이름으로 함께 표기
되어 있는 것을 보며 좋은 징조인 것 같아 약간은 안심할 수 있었다.
비록 남편의 가족들에게 제대로 인사조차 할 수 없었지만, 어쩌면 이
대로 잘 살 수 있을지도 모른다는 생각이 머리속을 스쳤다. 남편의 가
족들은 정말로 친절하고 예의 바른 사람들이었기에 나는 그들에 대한
나의 감정을 표현하고 싶었다. 그들이 내가 한국어를 하는 것보다는

영어를 잘하기를 바라며 말보다는 몸동작과 "Thank you"라고 웃으며 말하는 것으로 대신했다.

한국에서의 첫 며칠은 미군기지에 있을 때를 제외하고는 거의 침묵을 일관하며 보냈다. 나는 수다가 많은 편이지만 언어를 모른다는 사실은 내 입을 하루 사이에 바로 무겁게 만들기에 충분했다. 대신 이런 침묵을 통해 나는 듣기에는 훨씬 더 능통하게 됐다. 내 귀에 처음 들리기 시작한 한국 단어는 근처에서 누군가가 전화를 받을 때 말하는 "여보세요?" 였다. 영어로 "Yuhbohsehyoh?"처럼 들리는 이 단어가 정확히 무슨 뜻인지 알 수는 없었지만, 직관적으로 판단했을 때 이 문구가 그냥 "Hello(안녕하세요?)"와 비슷하다고 생각됐다. 이건 한국어에 대한 나의 완전한 무지로 내릴 수 있는 유일한 결론이기도 했다. 나는 이 문구를 외운 다음 바다에 떠 있는 구명조끼처럼 절대 놓치지 않았다. 만약 "안녕하세요"를 이렇게 쉽게 배울 수 있다면, 나머지 언어도 시간이 지나면 순조롭게 배울 것이라 생각됐다.

남편은 나에게 한글을 가르치기 시작했다. 우리는 동네 서점에서 한글 교과서를 몇 권 샀고, 나는 천천히 간단한 문구들을 읽어나가기 시작했다. 한글을 배우는 게 고되고 극복할 수 없는 산처럼 여겨질 때마다 "여보세요?"를 생각했고, 그럴 때마다 마음이 편해졌다.

나는 이 문구를 배운 후에 늘 사용했다. 사람들을 만날 때마다 "여보세요"라며 인사하는 것은 같은 집단에 속해 있다는 느낌을 주었다. 물론 나는 노랑머리와 초록색 눈을 갖고 있는 키 큰 백인이었지만, 한국인들과 똑같은 방식으로 인사를 완벽하게 할 수 있었다. 그래서 한국에서의 첫 2달 동안 하루에 이 인사말을 최대한 많이 쓰면서 지냈다. 미군기지로 걸어가는 길에 낯선 사람들을 보며 "여보세요"라고 인사하고는 했다. 미국에 있는 내 친구들과 가족들에게 전화를 해서 한국어로 "Hello"를 어떻게 말하는지 가르쳐주기도 했다. 가끔은 혀 끝에서 익숙한 문구가 굴러가는 것을 느끼고 싶어 전화도 "여보세요?"라고 받을 때도 있었다. 나는 더 없는 언어적 희열을 느끼고 있었던 것이다.

남편이 훈련으로 인해 멀리 가 있을 때 추석을 남편의 가족들과 함께 지내게 되었고, 나는 만남의 인사말로 웃으며 가족들에게 자랑스럽게 인사를 했다. 그들이 왜 웃는지 나는 알 수가 없었지만 나의 과대망상증이라 생각하며 인사 후 2개 국어로 진행되는 점심식사를 힘겹게 해쳐나갔다. 가족들의 웃음이 내 첫 번째 단어가 되었다는 것을 난 전혀 눈치 채지 못했다.

"여보세요"가 정확히 무슨 의미를 뜻하는지는 10월 중순에서야 알게 되었다. 나는 친구의 친구를 만날 때였는데, 그들은 둘 다 한국어를 할 줄 알았다. 새로운 친구와 악수를 하며 나는 자신만만한 미소와 함께 "여보세요"라고 말했다. 친구들은 둘 다 웃음보가 터졌다.

한국에 도착한 지 거의 두 달이 다 되어가는 이 날에서야, 나는 드디어 "여보세요"가 무슨 뜻인지 깨달을 수 있었다. 나는 그때야 내가 지난 두 달간 뭐라고 지껄였는지 깨달았다. 나는 남편의 가족들에게 영어로 치면 "거기 누구 없나요?"라고 인사를 했었던 것이다.

두말할 필요 없이 나는 망연자실했다. 나의 구명조끼는 가짜 친구였던 것이다. 집으로 돌아가서 남편에게 이것저것 따지기 시작했다. 남편에게 어떻게 내가 그런 우스꽝스러운 말을 계속하도록 내버려 둘 수가 있느냐고 물어봤다. 하지만 남편은 자기가 있는 데서 내가 그런 말을 하는 걸 들어본 적이 없다며 자신을 변호했다. 남편의 말을 전적

으로 믿지는 않았지만 그의 핑계를 받아주기로 했다. 그 대신 나는 한
국어로 "Hello"를 제대로 말하는 방법을 가르쳐달라고 했다.

　"안녕하세요!"

"You're Going to Yongsan!"

Major Ken Mercier
United States Air Force

On 20 October 2008 I received an email from my assignment team. The assignment team tells you where you are going next in the Air Force. I had asked them where they thought I was going next. I had been living in Prattville, Alabama for the previous three years and was anticipating my next assignment. Their answer was short and to the point - "You're going to Yongsan!"

Once I received that email my first response was simply, "WOW! Unbelievable!" You see, for me this was a dream come true. I had never been stationed overseas. Even more exciting though, my wife (Yun) is originally from Korea, Seoul to be exact. For readers that may not know where Yongsan is, it is pretty much smack-dab in the middle of downtown Seoul, minutes from where my wife grew-up as a child.

I went home that night and presented Yun with the news. She immediately telephoned her older, and closest, sister (Hyun-Ju) She has two sisters and three brothers, with Yun being the youngest. The air was extremely thick with excitement! But then, the waiting game began. I waited six months to actually receive my orders. In April 2009, I was officially going to United States Army Garrison, Yongsan with a 9 July 2009 Report No Later Than Date.

And so the journey began. Yun and I arrived in Korean at Incheon International Airport on 7 July 2009. We were greeted there by two of her older brothers, Un-Suk, E-Suk and E-Suk's oldest daughter, Un-Young. Korean culture dictates the family meets together where the parents live, and in this case, where Yun's mother lives since her father passed away several years ago. So we loaded up E-Suk's car and off we went to Un-Suk's house because that is where Yun's mother lives.

Yun's entire family was waiting for us. I was a little nervous because I speak very little Korean. Yun speaks English very well and had met all of my family but I had yet to meet hers - we met on a blind date in Florida in 2003. I was un able to communicate with Yun's family the way I would have liked to, but with Yun translating and two of her nephews speaking English, we all bridged the language barrier and it was one of the most memorable nights of our lives. We performed the traditional Korean bow to Yun's mother, brothers and sisters of the family since we are the youngest. Then all of the nieces and nephews did the same to us since we are their elders. As my first immersion into Korean culture, the day was a wonderful culture moment for both of us, especially for me.

We spent the next four weeks looking for an apartment in Seoul. After looking at 20 different apartments in 27 days, we finally found a place to live just outside of the Post, a mere 18 minute walk to work for me! Additionally, the apartment has a gym, sauna, in-door golf driving range, and is extremely safe, which comforted both Yun and I. The subway entrance right outside of our building was another benefit, and a local market conveniently visits the area every Thursday to sell fruits and vegetables. The 25th floor apartment has an absolutely breathtaking view of Seoul. I posted pictures of the view on our Facebook page and everyone who sees it is in awe. Seoul truly is an incredible city.

In mid-August 2009 we moved into our apartment literally two-days prior to my participation in a major two-week military Exercise with the South Koreans, Exercise Ulchi Freedom Guardian (UFG). Americans are mainly in Korea for exercises like UFG just in case something goes terribly wrong with North Korea and war breaks out. In the past this Exercise was led by the Americans, however, we are transitioning the leading role to the South Koreans--2009 was the very first year the South Koreans took the lead. They went from being the "supporting" Command to being the "supported" Command. In other words, if war broke out, South Korea would no longer play a supporting role to the Americans in the fight against

North Korea, but rather, we would be supporting them. They would be the lead Command in the war. Bottom line, I was truly honored to be a part of such an historical event during my first months on the Korean peninsula.

In mid-September 2009, shortly after UFG, Yun and I visited the De-Militarized Zone (DMZ). Both of us found the experience interesting, fun, and eventful, but it also quite sad, especially for Yun. She was sad because she knows fellow Koreans are living in North Korea, where quality of life is nothing like living in South Korea, and not in a good way. Her fellow Koreans to the north live in oppression, fear, hunger, and under Communism, which is hard to understand when there is freedom, democracy, and abundance just minutes to the south. Seeing Korea divided literally brought tears to both of our eyes. We realized exactly where we were and what happened 60 years ago and the many tragedies that had taken place since then to stifle relations between the two countries.

In early October 2009, we celebrated Chuseok, which is a major harvest festival and a three-day holiday in Korea celebrated on the 15th day of the 8th month of the lunar calendar. We spent Chuseok with Yun's family at Un-Suk's home. We celebrated this momentous time with great traditional Korean food and fun. I played a game called Yutnori for the first time. The game is difficult to explain but it is a lot like rolling dice, but instead of dice, you roll four wooden sticks. What side the sticks land and their combination will determine how many points the team receives. Each team starts out with four coins and must move their coins around a board depending on the toss of the sticks and how many points are earned. That is it in a nutshell.

The biggest advantage of Yutnori is anyone can play the game and up to 20 people can play at one time regardless of age, and have a great time playing. Yun's mother in her mid-70s played as did a nephew's two year old daughter. Yun and I experienced yet another wonderful cultural event together in Korea.

In November 2009 Yun and I took a four-day trip to JeJu Island over the American Thanksgiving holiday with the United Service Organizations. JeJu Island is an island just south of mainland Korea. I have been to the beautiful Hawaiian Islands, but JeJu is absolutely stunning! The island is like one big, breathtaking volcanic rock formation! We toured local Korean folk villages, dined at Korean restaurants, and purchased the famous "green tea" from one of Korea's largest green tea producing farms. The female diver's demonstration was the highlight of the trip. The women divers, who demonstrated the skills of the trade, were in their 70s. Tradition states, starting in the early 60s, 30,000 women dove during the day while the men stayed home and raised the children. It was strenuous, tiring, dangerous work. Today, only about 8,000 divers remain due to the difficult nature of diving and the shift in gender roles to men working and women staying home with the children. JeJu Island was yet another incredible cultural experience for Yun and me.

Over the Christmas holiday in December of 2009, Yun's entire family came to Seoul. Yun cooked up a mixture of Korean food and traditional American food (Turkey, Ham, and all the trimmings) - and oh what a feast it was! During the holiday, I saw Yun's brothers and brothers in-law playing a card game called "go-stop". In a nutshell, typically two or three players try to score points, usually three or seven, and then call a "Go" or a "Stop." When a "Go" is called, the game continues, and the amount of points or money is first increased, and then doubled, tripled, quadrupled and so on. If a "Stop" is called, the game ends and the winners collect their winnings. There are 12 sets of four cards, one set for each month with several ways and combinations to score points. It would take quite a while to fully explain the game and all of the rules involved; hopefully. I yield to a quick Google search by the reader for a full explanation of the rules.

Many Koreans love to play "Go-Stop." As an avid card-player in America, I had to learn how to play. It took me about a week, but now I know how and can hold my own. This really fun game has allowed me an opportunity to further bond with Yun's family, which has been a tremendous blessing.

Finally, although it has not happened yet as of the writing of this essay, we are in the planning stages for the Korean New Year, commonly known as Seollal. Seollal is the first day of the lunar Korean calendar and the most important of the traditional Korean holidays. It consists of a period of celebrations, starting on New Year's Day. This year's celebration will take place on 14 February 2010. In order to prepare, Yun's sisters agreed to buy Yun and I the traditional Korean formal wear for the New Year called the Hanbok.

Looking back over the short seven months we have been in Korea, we have experienced a wealth of Korean culture. We have spent a great deal of time in fellowship with Yun's Korean family. I participated in an historic military exercise, UFG, where for the first time the South Koreans took the lead in the simulated war effort. We toured the DMZ. We experienced and celebrated Chuseok together with Yun's family along with learning how to play a traditional Korean game Yutnori. We took a trip to the stunningly beautiful JeJu Island. We spent our very first Christmas with Yun's family at our apartment in Seoul where I was first exposed to the Korean card-game Go-Stop. Lastly, we are preparing for my first every Lunar New Year celebration, better known as Seollal, the most important of Korean holidays, where I will for the first time get to where a Hanbok.

Never in my wildest dreams would I have ever imagined we would be living in Korea, let alone living in down-town Seoul and being able to spend so much quality time with Yun's family. When I received that email, "You are going to Yongsan" I could not have imagined how wonderful an experience it would be. The best part is we still have nearly two and a half years left! So, here's to the next 29 months being as equally magnificent as the first seven months. Yun and I are already looking to see how we can get another assignment to Korea in four or five years. Hopefully, one day, I'll get another email that says, "You're going back to Korea!"

"당신은 용산으로 갑니다!"

켄 머시어 소령
미 제7 공군

2008년 10월 20일, 나는 병력 배치 팀으로부터 한 통의 이메일을 받았다. 배치 팀은 공군 내에서 다음 근무지가 어디인지 알려주는 일을 한다. 나는 그들에게 내 다음 근무지가 어디가 될 것 같으냐고 물어봤었다. 나는 앨라배마 주의 프래트빌에서 지난 3년간 머물러 있었기 때문에 다음 근무지에 대한 기대감이 컸다. 하지만 그들의 답변은 짧고 간결했다 – "당신은 용산으로 갑니다!"

이메일을 처음 받았을 때 난 "와! 도저히 믿을 수 없어!"라고 외칠 수밖에 없었다. 왜냐하면 이건 일종의 현실화된 꿈이었기 때문이다. 난 이전까지 해외로 배치된 적이 단 한 번도 없었다. 더욱 더 놀라운 사실은 내 아내가(윤씨) 한국사람, 그것도 서울사람이라는 것이다. 용산이 어디인지 모르는 독자들을 위해 설명을 더하자면, 용산은 집사람이 어릴 적 살았던 동네에서 불과 몇 분밖에 떨어지지 않은 서울 도심에 위치한 지역이다.

그날 밤 난 집에 돌아가 아내에게 이 소식을 말해주었다. 그녀는 듣자마자 가장 가깝게 지내는 친언니에게(현주) 전화를 하였다. 아내는 언니 둘과 위로 오빠가 셋 있는 집안의 막내이다. 집안은 곧 흥분의 도가니가 되었다! 하지만 지루한 기다림은 그때부터 시작되었다. 명령 문서를 실제로 받기까지 나는 6개월을 기다려야 했다. 2009년 4월, 나는 공식적으로 미군 용산기지로 배치되었고 2009년 7월 9일까지 이동을 완료한 후 보고를 해야 했다.

그리고 여행은 그렇게 시작되었다. 아내와 나는 2009년 7월 7일 대한민국 인천국제공항에 도착했다. 아내의 오빠들인 은석과 이석, 그리고 이석의 맏딸 은영이가 우리를 환영해주었다. 한국 전통에 따르면 가족은 부모의 집에서 모여야 했지만, 우리 가족의 경우에는 장인어른이 몇 년 전에 돌아가셨기에 장모님이 계시는 곳에서 모이게 됐다. 그리하여 우리는 이석의 차를 타고 장모님이 계시는 은석의 집으로 출발했다.

아내의 대가족이 우리를 기다리고 있었다. 나는 한국말을 조금밖에 못하기 때문에 약간 긴장이 되었다. 아내는 영어를 능숙하게 구사하고, 내 가족을 모두 만난 적이 있지만 난 아직 아내의 가족을 만난 적이 없었다(우리는 2003년 플로리다 주에서 지인의 소개로 만났다). 언어적인 문제로 인해 아내의 가족과 대화하는 것이 내가 원하는 만큼 원활하지는 않았지만, 아내의 통역과 영어를 할 줄 아는 두 명의 조카 덕분에 우리는 언어의 장벽을 넘을 수 있었고, 그날 밤은 우리의 인생에서 기억남을 만한 그런 시간이 되었다.

우리는 다음 4주를 서울에서 아파트를 보러 다니며 보냈다. 27일간 20개의 각기 다른 아파트를 둘러본 후에 우리는 드디어 기지에서 도보로 18분밖에 걸리지 않는 가까운 거리에 있는 장소를 찾을 수 있었다! 아파트에는 체육관과 사우나, 실내 골프장이 있었고, 굉장히 안전했기에 아내와 나는 둘 다 안심할 수 있었다. 건물 바로 앞에 있는 지하철 출구는 추가적 혜택이었고, 목요일마다 근처에 열리는 장에서는 과일과 채소를 팔았다. 아파트 25층에서는 숨이 멎는 듯한 서울의 경관을 볼 수 있었기 때문에 나는 사진을 찍어 페이스북에 올려놓았고, 이를 보는 사람들마다 감탄하였다. 서울은 정말 굉장한 도시다.

2009년 8월 중순, 우리는 내가 참가해야 하는 2주간의 군사연습 시작 겨우 이틀 전에 새 아파트로 이사를 할 수 있었다. 연습은 대한민국과 함께 수행하는 을지프리덤가디언(UFG) 연습이었다. UFG와 같은 연습은 북한과의 상황이 굉장히 악화되어 전쟁이 일어날 것을 대비하여 수행하는 연습이며, 대부분의 미군들은 이런 연습을 위해 한국에 주둔하고 있다. 과거에 이 연습은 주로 미국에 의해 진행되었지만 2009년을 시발점으로 주 역할이 대한민국으로 전환되는 중이다. 그들은 지원하는 사령부에서 지원받는 사령부로 전환되었다. 즉, 북한과의 전쟁이 일어날 시 대한민국이 더 이상 미국을 지원하는 것이 아니라 미국이 주 사령부인 대한민국을 지원하게 되는 것이다. 결론적으로, 난 한반도에서의 첫 몇 달 동안 이런 역사적인 일에 참여할 수 있었다는 것을 영광스럽게 생각한다.

2009년 9월 중순 UFG 연습 이후, 아내와 나는 비무장지대(DMZ)를 방문했다. 그 경험은 우리에게 흥미롭고 재미있었지만 한편으로는 슬프기도 했다. 특히 아내에게는 더더욱. 아내가 슬펐던 이유는 국경의 반대쪽에서 살고 있는 같은 한국사람들은 단지 북한에 있다는 이유로 너무나 혹독하고 힘든 삶을 살고 있었기 때문이다. 북쪽의 그들은 공산주의에 억압된 채 두려움과 배고픔 속에 살고 있다. 조금만 남쪽으로 가면 자유와 민주주의, 그리고 풍요가 있는 전혀 다른 세상이 존재한다는 것이 나로서는 이해하기가 조금 힘들다. 한국이 분단되어 있는 모습을 보고 있자니 말 그대로 우리의 눈시울이 붉어졌다. 우리는 우리가 정확히 어디에 서 있는지, 60년 전에 무슨 일이 일어났는지, 그리고 두 국가의 관계를 경직되게 만든 그 후에 일어난 수많은 비극적인 일들을 조금씩 깨달을 수 있었다.

2009년 10월 초, 우리는 음력 달력상 8월 15일에 3일간 명절 추석을 지냈다. 우리는 은석의 집에서 아내의 가족과 함께 전통 한국음식을 먹고 여러 재미있는 행사를 하며 이 중대한 시간을 보냈다. 나는 윷놀이라고 불리는 게임을 처음으로 해봤다. 이 게임은 설명하기가 좀 어렵지만 주사위를 굴리는 것과 매우 비슷하다. 단지 주사위 대신 4개의 나무 막대기를 굴리게 되는 것이다. 막대기의 어느 면이 위로 향하는지, 그리고 그 조합이 어떻게 되는지에 따라 팀이 몇 포인트를 얻게 되는지 결정된다. 각 팀은 4개의 동전으로 시작을 하며, 나무 막대기의 포인트에 따라 동전을 보드 위에서 움직이게 된다. 간략하게 설명을 하자면 이렇다.

윷놀이의 가장 큰 장점은 누구나 참여를 할 수 있으며 한 게임당 나이와 상관없이 20명까지 같이 즐길 수 있다는 것이다. 이건 70대인 장모님이나 조카의 두 살 난 딸이나 마찬가지인 것이다. 아내와 나는 한국에서 또 하나의 훌륭한 문화적 이벤트를 체험할 수 있었다.

2009년 11월, 아내와 나는 USO와 함께 미국 추수감사절 기간 동안 제주도 여행을 4일간 할 수 있었다. 제주도는 한반도 바로 남쪽에 위치한 섬이다. 나는 아름답기로 유명한 하와이에도 가 본 적이 있지만 제주도는 정말로 아름다웠다! 섬은 마치 하나의 거대한 화강암과 같다! 우리는 토속 민속 마을을 구경했고, 한국 식당에서 식사를 했으며, 한국에서 가장 큰 녹차 농장 중 한 곳에서 유명한 녹차도 샀다. 여행의 하이라이트는 해녀였을 것이다. 직업의 기술을 보여준 해녀들은 보통 70대였다. 옛말에 따르면 남자들이 집에서 아이들을 돌보고 있을 때 약 3만여 명의 60대 초반 이상 되는 여성들이 낮에 물질을 했다고 한다. 그것은 아주 고되고 위험한 작업이었다. 오늘날은 물질의 고됨과 남성과 여성의 성 역할 변경으로 인해 해녀의 숫자가 8천여 명으로 줄었다고 한다. 제주도는 아내와 나를 위한 또 다른 엄청난 문화 체험이었다.

2009년 12월, 크리스마스 연휴 동안 아내의 가족들이 모두 서울로 올라왔다. 아내는 한국 음식과 전통 기국음식을(터키, 햄, 그 외 곁들인 모든 음식) 둘 다 준비했다. 그리고 그건 굉장한 만찬이었다! 연휴 동안 나는 아내의 오빠들인 처남들이 고스톱이라고 불리는 카드 게임을 하는 것을 보았다. 간단하게 설명하자면, 2명에서 3명의 참가자들이 3점 혹은 7점의 점수를 따기 위해 노력을 한 뒤, "고" 또는 "스톱"이라고 외치는 게임이다. "고"라고 외쳤을 경우에 게임은 계속되고, 점수는 증가되어 두 배, 세 배, 네 배가 되는 식이다. "스톱"이라고 외쳤을 경우에는 게임이 종료되며, 승자가 지금까지 딴 점수만큼 돈을 얻게 된다. 4세트의 카드가 12장씩 있으며, 각 세트는 1년 12달 중 한 달을 나타내게 된다. 점수를 따기 위해서 맞춰야 되는 콤비네이션은 여러가지가 있다. 이 게임과 관련된 모든 규칙을 설명하자면 시간이

꽤나 걸린다. 더 자세한 설명을 위해 구글에서 간단하게 검색을 해보
는 것도 좋을 듯하다.

많은 한국인들은 "고스톱"을 즐겨 친다. 미국의 열정적인 카드 플
레이어로서 나는 고스톱을 어떻게 치는지 배워야만 했다. 시간이 1주
일 정도 걸리긴 했지만 이제는 혼자 게임을 할 수 있을 정도는 된다.
정말 재미있는 이 게임을 통해 나는 아내의 가족들과 더 끈끈한 연을
이을 수 있었고, 그것을 큰 축복이라 생각한다.

마지막으로 아직 이 글을 쓰는 시점에서는 일어나지 않았지만, 우
리는 다가오는 설날을 위한 준비단계에 있다. 설날은 한국에서 음력
달력의 첫 날로, 한국 전통명절 중 최대의 명절이다. 명절은 신년으로
부터 시작하여 며칠간의 축제 기간으로 이어진다. 2010년의 설날은
양력으로 2월 14일이 될 것이다. 준비를 위해 아내의 언니들은 아내
와 나에게 한국의 전통의상인 한복을 선물하기로 했다.

한국에서의 짧은 지난 7개월 동안 우리는 다양한 한국 문화를 체험
할 수 있었다. 우리는 아내의 가족과 함께 상당히 많은 시간을 보냈
다. 나는 대한민국이 처음으로 주 지휘 역할을 맡은 역사적인 UFG
군사연습에 참여했다. 우리는 비무장지대를 관광했다. 아내의 가족과
함께 추석을 지냈으며 한국 전통놀이 중 하나인 윷놀이도 배웠다. 우
리는 숨이 멎도록 아름다운 제주도로 여행을 갔다. 한국에서의 첫 크
리스마스를 우리 아파트에서 아내의 가족들과 함께 보냈으며, 나는
"고스톱"이라 불리는 한국 카드놀이를 처음으로 해봤다. 마지막으로,
우리는 "설날"이라 불리는 민족 최대의 명절을 맞이할 준비를 하고

있으며, 나는 태어나서 처음으로 한복을 입어보게 될 것이다.

나는 꿈에도 내가 한국에서 살게 될 것이라 생각하지 않았고, 서울 도심에서 아내의 가족과 함께 그렇게 좋은 시간을 많이 갖게 될 줄은 상상하지도 못했다. "당신은 용산으로 갑니다."라는 이메일을 처음 받았을 때 나는 그것이 얼마나 아름다운 경험이 될지 상상할 수도 없었다. 가장 기쁜 건 아직도 한국에서의 시간이 거의 2년 반 가량 남아있다는 것이다! 그래서 우리는 앞으로의 29개월을 지난 7개월과 마찬가지로 훌륭하게 보낼 계획이다. 아내와 나는 벌써 4~5년 내에 한국에서 다른 근무지를 배정받는 방법을 알아보는 중이다. 그리고 언젠가는 다음 메시지가 적혀있는 이메일을 또 받게 될 것을 기대하고 있을 것이다 – "당신은 한국으로 돌아갑니다!"

My Korea

PFC Hyo Joon Howard Lee
Admin KATUSA, 8th Army Public Affairs Office

I was born in Korea. I can read, write and speak Korean. My parents are both Korean and I even went to school in Korea.

Yet, I am discovering Korea for the first time.

It may seem weird that a full-blooded Korean would say such a thing. However, I have spent over 16 years of my 22 years on earth outside of Korea. Most of the 7 years I spent in Korea was when I was a toddler and the one year of middle school in Korea left very little impression on me. Abroad, I went to international schools where classes were taught in English and had few Korean students. I also spent 3 years in an American college which led me further from Korea than ever before. That said I was not completely isolated from the Korean culture during my life abroad. But the Korea I saw was a much different place than what it really was. I was only able to see Korea through movies, music, and the occasional TV dramas. Therefore, I knew Korea as a Korean knows America from watching Hollywood blockbusters. So I think it is fitting that during my time serving my country, I am getting to know it.

There are many subtleties in our culture that are not expected of foreigners but are expected of me. Because I look and speak the part of an average Korean, there have been numerous instances where I almost felt ashamed I did not do the proper research before deciding to come to the Army here. One of the biggest mistakes I made was my unfamiliarity with the girl pop groups. Girls Generation, 2NE1, Tiara, and the Wonder girls are just some of the numerous ultra-popular girl groups of Korea that all guys my age worship. During the first day at boot camp, my failure to know any of these cultural icons seem to upset the atmosphere and I did my best to catch up on many songs and dances when I got the chance. Another cultural faux-pas was my unfamiliarity with popular games. Although it may seem silly to outsiders that not being familiar with Starcraft would be a such a violation of the norm, in Korea it is almost a national sport and my total lack of understanding of it made for some uncomfortable silences. Finally the trend of shortening phrases was another part of modern Korean culture that I failed to study up for. Just like SoHo is an acronym for South Hollywood, the modern Korean language is riddled with new phrases that I mistook for something else.

For example, people asked if I watched MiDue (a Korean acronym for American TV shows) I said no thinking it was some Korean TV program. However people were very confused when I said although I don't watch MiDue, I do watch Greys Anatomy (a popular MiDue even in Korea).

Although I enjoyed exploring my culture, I found a greater excitement in exploring Seoul. I never lived in Seoul and when I visited Korea during holidays, I always went to the same places, and never ventured out to explore the city. Even during my brief time in middle school here, I hardly left school as I was far too engrossed in my studies as most Korean middle school students are. Now that I have settled into my military lifestyle, I found myself with some time on my hands I began to see Seoul bit by bit. One of the first places I was drawn to was the Jong-ro district. Although some signs of old Seoul remained, Jong-ro has transformed itself into a center of modern architecture. The beautiful Cheonggechon area was a great place for me and my girlfriend to find some calm in the bustling city and the nearby Sejong road was an infusion of art and history which proved to be a great place to see the achievements of my country and to be proud of being Korean. Kangnam station has also become a favorite of mine as its bustling never ending backstreet shops provided me with many memorable nights out with friends. Yeoido island has also found a place in my heart, as nowhere in Korea can you find such space among soaring skyscrapers. Yeoidos wide roads and large parks is an incredible combination of space and modernity that always calls me back during the lazy weekends. Finally, a hidden gem near Yongdeungpo station is Times Square, a multistory state-of-art shopping mall which isn't saying much in modern Seoul, but it does boast an ultra-modern roof garden which reminded me of the roof gardens of Hong Kong.

The last ongoing step in my discovery of my homeland is where I fit in. Despite my hope of living a globe-trotting lifestyle, I always believed that one day I will settle down here, in the land of my ancestors, and find a place in the Korean society where I can be a beneficial influence and be an active member of this community. On that account, I have thought long and hard about my career path that can lead me to doing this. But my upbringing has presented itself to be a roadblock of sorts. Although I look and speak the part, much of my values and thinking has been influenced by many different cultures, which at times have clashed with the traditional views of many Koreans. I felt that because of this, I don't really have a homeland as I feel like a stranger in my home country. Admittedly, I do still have these feelings but I have started to feel more at home once I got used to using acronyms, playing Starcraft and listening to Girls Generation. Although I still have yet to find an answer to my predicament, my assimilation to the Korean culture has been a great positive influence into finding my place here.

My life in Korea is not an average one. However it is a life that brings me constant excitement as I discover more about what it means to be truly Korean and what it means to be part of this dynamic and ever changing country.

나의 한국

효준 하워드 리 일병
미8군 홍보실, 카투사

나는 한국에서 태어났다. 한국어를 할 수 있으며, 한글을 읽고 쓸 수 있다. 부모님은 두 분 다 한국인이시며 나는 한국에서 학교를 다니기도 했다.

그럼에도 불구하고, 나는 생애 처음으로 한국을 직접 체험하고 있다.

순수 한국 혈통인 내가 이런 말은 하는 것이 이상하게 보일지도 모른다. 하지만 나는 22년 살아오면서 16년이 넘는 기간을 해외에서 지냈다. 내가 한국에서 지낸 7년의 대부분은 잘 기억이 나질 않는 유년기의 일이며 중학교에서의 1년은 내지 큰 인상을 남기질 못했다. 해외에서 나는 수업을 영어로 들었으며 한국인 학생들이 거의 없었던 국제학교를 다녔다. 미국에서의 대학생활 3년은 그 어느 때보다도 더 나를 한국과의 거리감을 느끼게 했다. 내가 외국에서 사는 동안 나는 한국 문화를 영화, 음악, 그리고 가끔씩 보는 TV 드라마를 통해서만 경험할 수 있었다. 그래서 나는 한국사람들이 미국을 할리우드 블록버스터 영화들을 통해 알듯이 그렇게 한국을 알고 있었다. 그래서 나는 조국을 위해 봉사하는 동안 조국에 대해 알아가는 것이 적당하다고 생각한다.

우리 문화에는 외국인들에게는 기대되지 않지만 내게는 기대되는 많은 미묘한 관습들이 있습니다. 내가 보통의 한국인처럼 보이고 말하기에, 한국에서 군 복무를 하기로 결심하기 전에 적절한 조사를 하지 않았던 것에 대해 수치심을 느낄 뻔한 경우도 많았다. 내가 한국의 아이돌 그룹에 대한 무지로 인해 일어난 일도 이 중 하나이다. 훈련소에서의 첫 날, 소녀시대, 2NE1, 티아라, 그리고 원더걸스와 같은 문화적 우상들을 전혀 알지 못하는 것으로 인해 분위기가 침체되는 것 같아 나는 기회가 있을 때마다 많은 아이돌 그룹 공부를 했다. 또 다른 문화적 실수는 한국에서 인기 있는 게임들이 친숙하지 못해 저지르게 되었다. 외부인에게는 스타크래프트를 잘 모르는 것이 비정상이라는 게 이상해 보이겠지만, 한국에서는 이 게임은 전국적 e-스포츠에 가깝다. 그리고 나는 이 게임에 대해 전혀 알지 못해서 불편한 침묵을 야기한 적이 종종 있다. 용어를 축약해서 말하는 최근의 한국 젊은이들의 경향 또한 내가 이해하지 못한 것이었다. SoHo가 South Hollywood의 두 문자어인 것처럼 , 한국 젊은이들이 쓰는 언어도 새로운 문구로 바뀌어 내가 다른 의미로 이해한 경우가 많았다. 예를 들어, 사람들은 내게 '미드'(미국 드라마의 약어)를 보았는지 물었고, 나는 아니라고 말하며 그것이 어떤 한국 TV 방송 프로그램이라 생각했다. 사람들은 내가 '미드'를 보지 않는다고 말했음에도 불구하고

'Grey's Anatomy'(한국에서도 인기 있는 미드)를 본다고 하자 매우 혼란스러워했다.

　　나는 한국 문화탐구뿐만이 아니라 서울 탐방에도 즐거움을 느낄 수 있었다. 나는 서울에서 살았던 적이 없으며 명절에 한국을 방문할 때는 매번 같은 장소에만 가고, 밖으로 나가 서울을 돌아다닐 생각은 하지 않았다. 한국에서 중학교에 잠시 다녔을 때에도 나는 대부분의 한국 중학생들이 그렇듯이 학업에 지나치게 몰두하여 학교 밖으로 거의 나가질 않았다. 이제 나는 군대생활에 적응하여 시간이 날 때마다 서울을 조금씩 구경하고 있다. 내가 매력을 느낀 장소 들 중 하나는 종로 거리다. 옛 서울의 모습이 군데군데 남아있기는 하지만, 종로는 현대 건축의 중심지로 변했다. 아름다운 청계천은 나와 내 여자친구 가 소란스러운 도심에서 다소의 평온함을 얻을 수 있는 곳이었다. 또 한 근처의 세종로는 예술과 역사가 집적되어 한국이 이뤄낸 것들을 보고 한국인이라는 데에 자부심을 느끼기에 최적인 곳이었다. 강남역 도 끝없이 이어져 북적대는 뒷골목 가게들이 친구들과의 추억을 안겨 주어 내가장 좋아하는 장소 중의 하나가 되었습니다. 여의도도 한국 의 다른 곳들과 달리 마천루 사이로 널찍한 공간들이 있어 내게 깊은 인상을 남겨주었다. 여의도의 넓은 도로와 큰 공원은 공간과 현대성 의 놀라운 조화로 나른한 주말마다 내게 기운을 준다. 　마지막으로, 영등포역 주변의 타임 스퀘어도 숨겨진 명소이다. 이곳은 최신식 고 층 쇼핑몰로 현대 한국의 특징을 보여주지는 않지만, 자랑거리인 근 대적 옥상 정원은 내게 홍콩의 옥상 정원들을 상기시켜 준다.

내 고향을 재발견하는 여정의 마지막 단계는 내가 어떻게 적응해 가는지에 관한 것이다. 나는 장차 세계 이곳저곳을 떠돌아다니는 생활을 하고 싶다. 그럼에도 불구하고 나는 언제나 내가 언젠가는 내 조상의 넋이 기린 이 땅에 정착하여 한국 사회에 유익한 사람이 되고 이 사회의 주도적인 인물이 되리라 믿어왔다. 이러한 이유에서 나는 이것을 가능케 해 줄 진로에 대해 깊이 고민해봤다. 하지만 내가 어릴 적에 받은 교육이 이것에 장애가 되고 있다. 내가 한국인처럼 보이고 말하기는 하지만 나의 가치관과 사고방식은 주로 다양한 문화에서 영향을 받아 대부분의 한국인들의 관점과 종종 충돌한다. 이 때문에 나는 모국에서도 이방인으로 남아 고향을 갖지 못한 사람처럼 느끼곤 한다. 이러한 감정이 다소 남아있는 것은 사실이지만, 약어를 사용하고, 스타크래프트를 하며, 소녀시대를 듣는 것에 익숙해지면서 나는 이 땅이 점차 고향처럼 친숙해지고 있다. 아직 내 정체성에 대한 답을 온전히 찾지는 못했지만, 한국 문화에 익숙해지는 것이 내 자리를 찾는 데에 많은 도움이 되었다.

한국에서의 내 삶은 평범하지는 않다. 하지만 내게 진정한 한국인이 되는 것이 무엇인지, 그리고 이 역동적이고 변화해가는 나라의 일원이 된다는 것이 무엇인지 알아가면서 나는 이곳에서의 삶에서 나날이 새로운 즐거움을 발견하고 있다.

Korean Relationships
Changed My Life

Champlain(Major) Nancy Elizabeth Lund
IMCOM Korea Region Office

Seoul, Korea is 6951 miles from my most recent home in the United States. Korea was not on the short list of countries I had always wanted to visit. Yet, as my family prepared to move to Korea, we heard positive comments from everyone we knew who had lived here - or even visited here. I wondered what I would do in this setting. Which aspects of this new land would transform my initial reluctance to leave my home? I am getting an answer. Relationships with people here are touching me in positive, life-changing ways.

I come from the most individualistic country in the world. Among all the peoples of the globe, only we English speakers insist on capitalizing our first person singular pronoun ("I"). I rarely get together with friends when I am in the United States.

Most of the people I know there are busy working hard, commuting, and attending classes and sporting events. They do not find time for a long talk or leisurely meal with a friend. My own lifestyle fit this typical pattern.

When we left the plane in the Seoul airport to enter this strange new place, we encountered a different lifestyle. My husband's boss was there to greet us, as well as a pleasant Korean American colleague. This colleague drove us to our temporary home at the Dragon Hill Lodge. The trip was not short. We could have traveled to the Dragon Hill in a shuttle or a taxi, but these two people took hours out of their day to welcome and transport us. I was half asleep, but this fact still caught my attention. It was my first indication of how much some people in Korea invest in relationships.

Soon after our arrival, I began to learn some basic elements of this way of living. I discovered that traditional Korean culture dictates certain social behaviors. For example, I was urged to present credit cards and business cards to others using two hands.

This sounded simple enough, but required a reordering of my conduct. I love to multitask. It is impossible to hand your business card to someone with two hands and dig in your purse for your cell phone at the same time. When I am shopping, my hands are sometimes filled with merchandise, a purse, and a local map. It requires attention and planning to free both hands for the exchange of a credit card. Korean customs cause me to think about how I relate to cashiers and clerks, people I had ignored before in my busyness.

I was also advised never to start eating or drinking before my elders or an honored guest. To be truthful, I can eat a full restaurant meal in twenty minutes when I am in a hurry. I might appear to be in training for the Olympic speed eating event. In Korea, it is important to treat people politely when I share a meal. Instead of running a race to see who can clean their plate first, I must acknowledge the status of those around me. Observing their behavior is more important then grabbing the first helping of spinach. Another early lesson was the practice of hosts paying for all their companions at a restaurant. I have always felt that, when someone paid for my meal, I should respond similarly. In the United States, this desire easily remained wishful thinking. In Korea, reciprocation has become a priority, because we do not want to appear greedy. Our hosts will receive a similar invitation from us. The relationship develops as we share repeated meals together.

Living in Korea would not have much impact if these conventions remained something encountered only in books or a lecture. But every time I shop, I have reason to remember the rule about using both hands. We have also had other opportunities to practice these respectful customs as people have extended hospitality.

My husband's colleague continues to show an interest in us. We have enjoyed meals and concerts together. She has volunteered to provide transportation on several of these occasions. This is important because one aspect of life in Korea that I steadfastly avoid is driving in the city traffic. I do not feel anxious when riding with our new friend because she drives with confidence. She is not completely free from stress, but she knows the streets and anticipates problems. Our outings have been enhanced by her personality, knowledge and driving skill, wonderful gifts she repeatedly gives. And she has shown the way. Now I know that I also can successfully navigate the city, even though I use the subway or taxi.

We met a shopkeeper in Itaewon who feels a bond with chaplains like my husband. Our journeys to the shop have been another special experience of relationship. My attitude toward shopping changed when he sat down, got acquainted, and served food and drink before doing business. After visiting for awhile, he carefully took my measurements and made a drawing of the item I wanted. He admonished us to call before our return, so we could have lunch together. That is just what we did. On our next visit, we relaxed on a couch with bowls of hot soup and basked in the hospitality of the shop.

Korean hospitality is not reserved for on nationality. At a concert, we met some Australians who were getting their first taste of this country. They had ducked into a coffee house on their first afternoon here, just to get away from the city streets. There they were given free tickets to that evening's concert, sponsored by a local church. We met them because a pastor of the church recognized them and introduced us. He also made sure they met the senior pastor. Cameras flashed all around the pastors as these Australian newcomers were caught on film.

After the concert, someone located that family and gave them a place to sit where they could enjoy a splendid buffet. Within 24 hours of their arrival, this family had met several strangers. They had become special guests at an event unlike any they had attended before.

In their books for people working in Korea, De Mente and Keating say that Koreans are famous for their hospitality, especially to foreigners. The fame is well deserved. It is important for short-term residents like us to connect with others and do it fast, or we can feel isolated later on. The hospitable spirit of Koreans makes this process easy. A Korean woman invited several couples to a concert. In a few days, some of the concert goers networked with others to return to the hall for another event. A number of group outings have been proposed. I asked some Korean and American acquaintances to come to a gathering at my home. It was not long before these individuals responded with invitations to see sights together, jointly support charitable events and join a calligraphy class.

This is not the way my life has worked in other places. I have lived in England and Germany. No one there offered to drive me to new locations numerous times. I do not recall receiving free tickets to any event or being the center of significant attention when I arrived at a concert. The business people were "all business," and I was on my own when it came to learning about the community and culture. While there were some new customs to learn in each country, they did not seem to clearly enhance relationships. Korea really is different.

Because of my experiences in Korea, I am different. I found my own way to the Seoul Arts Center to buy tickets for some people I did not even know. I have gone shopping, not so much for new acquisitions, as for quality time with special people. For the first time, I extended personal invitations to my home for Bible study. We have taken several newcomers out for meals. Our increased hospitality and sociability is in direct response to the example of gracious hospitality shown by Korean people.

One day, at a large gathering, I spotted a Korean woman standing alone. I went over to meet her and we talked for some time. She told me a bit about herself and then asked if I had any friends there. The question surprised me. I pointed to a woman going by and said that she was probably my closest friend in the group. My new Korean acquaintance spoke quite softly, but I thought what I heard her say next was, "Will you be my friend?" My heart said "Yes," and I am trying to learn and practice what it means to be a good friend to her.

My social opportunities in Korea are inducing me to live differently. The daily customs cause me to show more respect to other people. Individuals have showered me with gifts of kindness and attention. I hope to respond with enough kindness and attention that at least one Korean will see me as her friend. Korean relationships have changed my life.

나의 삶을 바꾼 한국인과의 관계

낸시 엘리자베스 런드 목사(소령)
미8군 시설국

대한민국 서울은 미국에서 최근 내가 살던 집으로부터 6,951마일 떨어져 있다. 한국은 내가 늘 가고 싶어 했던 나라들의 목록엔 없는 나라다. 그러나 내 가족이 한국으로 이동 준비를 해야 하기 때문에 우리는 모든 사람들로부터 많은 견해를 들었으며, 누가 한국에 살았었고, 누가 방문했는지까지 알았다. 나는 이 준비에서 내가 무엇을 해야 할지 생각했다. 이 새로운 한국의 어떤 면이 처음에 미국의 집 떠나는 것을 망설이게 한 내 맘을 완전히 바꿔 놓았을까? 내가 그 답을 말하려고 한다. 한국에서 사람들과의 관계는 나에게 삶의 방법을 바꾸는 데 긍정적으로 다가왔다.

나는 세계에서 가장 개인주의적인 나라에서 왔다. 세계의 모든 사람들 중에 영어를 사용하는 우리들만이 일인칭 단수형 대명사인 "I"를 대문자로 고집하고 있다. 내가 미국에 있을 때는 거의 친구들과 함께 모임을 갖지 않는다. 미국에서 내가 알고 있는 사람 대부분은 열심히 일하고, 컴퓨터 작업하고, 학교 다니고 운동하는 등 바쁘다. 그들은 친구와 함께 긴 얘기를 하거나 느긋한 식사를 할 만한 틈이 없다. 나 자신의 생활방식은 이러한 전형적인 형태가 맞다.

우리가 이러한 낯선 새로운 곳에 들어가기 위해 서울공항에서 나왔을 때, 우리는 색다른 생활방식에 부딪혔다. 나의 남편 상사와 상냥한 한·미 동료가 우리를 맞이하기 위해 공항에 나왔다. 이 동료는 우리를 드래곤힐 호텔에 있는 임시숙소로 태워다 주었다. 이동시간은 짧지 않았다. 우리는 셔틀버스나 택시로 이동할 수 있었지만 이들 두 분은 우리의 환영과 이동을 위해 그들 하루의 많은 시간을 보냈다. 나는 어설프게 잠에 들었지만 이러한 사실이 아직 나의 관심을 사로잡았다. 이는 한국에서 얼마나 많이 사람들과의 관계에 투자해야 하는지 나의 첫 번째 암시였다. 도착 후 바로 나는 이러한 생활방식에 대한 기본적인 부분을 배우기 시작했다. 나는 전통적인 한국문화가 어떤 사회적 행동에 영향을 준다는 것을 발견하였다. 예를 들면, 내가 두 손을 사용하여 신용카드와 명함을 다른 사람에게 건네도록 강요되었다.

이는 아주 간단한 것같이 보이지만, 나의 행동에 재정리가 필요했다. 나는 한꺼번에 여러 일을 하는 것을 좋아한다. 두 손으로 어떤 사람에게 명함을 건네면서 동시에 핸드백에서 휴대폰을 꺼내는 것은 불가능하다. 내가 쇼핑을 할 때, 내 손에는 가끔 물건, 핸드백과 약도가 들려있다. 신용카드를 건네기 위해서는 양손이 자유롭도록 주의와 생각이 요구된다. 한국의 관습은 내가 계산대 직원과, 내가 하는 행동에 무관심했던 사람들에게 어떻게 해야 할지에 관해 생각하게 만든다.

또한 나는 나보다 연장자나 저명한 손님 앞에서 먼저 음식을 먹거나 음료를 마시지 말라는 조언을 들었다. 솔직히 나는 급할 때 음식점 음식을 20분 내에 먹을 수 있다. 내가 빨리 먹기 올림픽대회를 위해 훈련받는 것처럼 보일 정도다. 한국에서는 음식을 함께 먹을 때 사람들에게 공손히 처신하는 것이 중요하다. 누가 먼저 음식접시를 비울 수 있는지를 보기 위한 달리기 경주를 하기보다 내가 그 주위에 일원임을 인정해야 한다. 그들의 행동을 관찰하는 것이 시금치를 먼저 집어가는 것보다 중요하다. 초기에 겪은 또 하나의 교훈은 음식점에서 함께한 모든 동료들을 위한 음식값 지불 관습이었다. 나는 어떤 사람이 내 음식값을 지불하면 상응한 보답을 해야 한다는 생각을 늘 갖고 있다. 미국에서는 이에 대해 자연스럽게 그렇게 해주길 바라고 있다. 한국에서 먼저 계산하는 것은 염치없는 사람으로 보이지 않기 때문이다. 우리의 호스트는 우리로부터 유사한 초청을 받게 된다. 인간관계는 우리가 자주 함께 식사를 나눔으로서 발전한다.

한국에서의 생활은 책이나 강의에서 들은 이러한 관습만 접한다면 크게 문제될 것이 없다. 그러나 쇼핑할 때마다 나는 두 손 사용의 규칙에 대한 기억을 생각했다. 또한 우리는 사람들이 많은 환대를 갖고 있다는 점에서 이러한 공손한 관습을 실천할 수 있는 기회를 가졌다.

나의 남편 동료는 계속 우리에게 관심을 보여주었다. 우리는 음식을 맛있게 먹고 연주회도 함께 관람했다. 그녀는 여러 번 이러한 때에 차량제공을 해주었다. 이는 내가 시내 운전은 가능한 피하려는 것이 한국생활 중 한 면이기 때문에 중요하다. 나는 그녀의 운전을 신뢰했기 때문에 우리가 새 친구의 차를 타는 데 걱정하지 않았다. 그녀는 긴장감에서 완전히 자유롭지는 않았지만, 거리와 예상되는 문제들을 알고 있다. 우리의 바깥 활동은 그녀의 인격, 지식과 운전기술로 크게 향상되었으며 그녀는 아주 멋진 선불을 여러 번 주었다. 또한 그녀는 길을 알려주었으며, 그래서 지금 나는 시내 길을 잘 찾아 갈 수 있고, 지하철과 택시도 이용할 수 있다.

우리는 남편과 같은 목사와 유대관계를 갖고 있는 이태원에서 가게를 운영하는 분을 만났다. 우리가 가게를 찾은 것은 또 다른 특별한 관계의 경험이었다. 그가 물건을 팔려고 하기 전에 앉아서, 친절하게 음식과 음료를 제공했을 때 나의 쇼핑태도는 바뀌었다. 가게에 들어간 한동안 후, 그는 조심스럽게 나의 치수를 재고, 내가 원하는 옷감으로 재단을 했다. 그는 우리에게 가게에 다시 오기 전에 전화를 해줄 것을 일러주었으며, 이로 해서 함께 점심을 할 수 있었다. 그것이 단지 우리가 한 것이다. 그 다음에는 가게에 들러서 우리는 편안하게 소파에 앉아 가게에서 제공한 따듯한 수프를 먹었다.

한국인의 환대는 한 민족에게만 있는 것이 아니다. 음악회에서 우리는 한국을 처음 경험하고 있는 몇 명의 호주인을 만났다. 그들은 한국에서의 첫 오후에 도시를 벗어나 커피점에 들렀다. 거기서 그들은 현지 교회에서 후원한 저녁 음악회 무료입장권을 받았다. 우리는 교회 목사가 그들을 알아보고 우리를 소개해서 만나게 되었다. 목사는 그들이 선임목사를 만난 것을 알았고 새로운 호주인들과 함께 목사와 기념사진 촬영을 했다. 음악회 후 일부 사람들은 가족과 함께하고 훌륭한 뷔페를 즐길 수 있는 곳으로 안내되었다. 도착 후 24시간도 안 되어 이 가족은 새로운 사람들을 만났다. 그들은 행사에 바로 직전에 참석한 것이 아닌 특별손님이 되었다.

한국에서 일하는 사람들에 대한 책에서 멘테와 키팅은 한국국민은

손님에 대한 환대, 특히 외국인에 대한 환대가 유명하다고 말한 바 있다. 우리처럼 짧은 기간 거주하는 사람에게 다른 사람과 연결하고 그것이 빨리 이루어지는 것은 중요한 것이며, 그렇지 않으면 후에 고립감을 느낄 수 있다. 한국인의 환대정신은 이러한 과정을 수월하게 만들어준다. 한 한국인 여성이 몇몇 부부를 음악회에 초대하였다. 얼마 후 음악회를 즐기는 사람들 몇몇이 또 다른 음악회에 가기 위해 다른 사람과 연락망을 만들었다. 하나의 그룹이 만들어졌고 나는 일부 한국인과 알고 있는 미국인들을 함께 나의 집에 초청했다. 함께 관광하고, 공동으로 자선활동을 지원하고 서예반에 참여하기 위한 각 개인들로부터 응답을 듣는 것은 그리 오러지 않았다.

이는 다른 곳에서 일해 왔던 나의 삶이 아니다. 나는 영국과 독일에서 살았었다. 아무도 나를 수차례나 새로운 곳에 데려다 준 사람이 없다. 나는 어떤 행사에 참여하는 무료입장권을 받거나 내가 음악회에 도착했을 때 특별한 주목을 받았던 기억이 없다. 사업을 하는 사람들은 모두 사업뿐이고 그 지역사회와 문화를 배우러 온 것은 나 자신뿐이었다. 각 나라에는 알아야 할 새로운 풍습이 있었지만 그 나라 사람들은 분명히 관계를 증진하려는 것 같지 않았다. 한국은 정말 다르다.

한국에서 경험으로 인해 나는 달라졌다. 나는 내가 알지 못하는 사람들을 위해 표를 사러 서울 예술의전당에 가는 길을 내 자신이 찾았다. 새로운 물건을 사러 가기보다는 특별한 사람들과 귀중한 시간을 갖기 위해 쇼핑을 갔다. 처음으로 나는 성경공부를 위해 내 집에 사람들 초청을 연장했다. 우리는 새로 온 사람들을 데리고 나가 식사를 하였다. 우리의 높아진 환대와 사교성은 한국인들이 보여준 정중한 환대에 대한 본보기의 직접적인 부응인 것이다.

어느날 큰 모임에서 나는 혼자 서있는 한국 여성을 발견하였다. 나는 그녀를 만나기 위해 그에게 가서 한동안 얘기를 하였다. 그녀는 자신에 대해 몇 마디 말하고 나서 나에게 여기에 친구들이 있느냐고 물었다. 그 질문에 나는 놀랐다. 나는 지나가는 한 여성을 가리키고 그녀는 아마 모임에서 가장 가까운 친구였다고 말했다. 새로 알게 된 한국인은 아주 부드럽게 말했으나, 나는 그녀의 다음 말은 "내 친구가 되어 줄래요?"일 것이라고 생각했다. 내 마음은 "네" 라고 답하며 좋은 친구가 되도록 열심히 배우고 연습하겠다고 했을 것이다.

한국에서 나의 사교적 기회는 나를 다른 생활로 유도했다. 나의 하루하루의 습관은 다른 사람에게 좀더 정중한 모습으로 보이게 바뀌었다. 사람들은 나에게 친절과 관심의 선물을 가득 안겨주었다. 최소한 한 사람의 한국인이라도 나의 친구가 된다면 그에게 많은 친절과 애정으로 보답하고 싶다. 한국인의 인간관계가 나의 삶을 바꿔 놓았다.

A Heart for Korea

Elinor Kim
EUSA, JAG Officer

When the weather turns brisk and the scent of autumn leaves fills the air, I remember my dreams and the manner in which they brought me to Korea. I remember September 11: the catalyst that changed my heart and redirected my ambitions to serving in the United States Army JAG Corps. I remember wondering why, as an ethnic Korean, the war between North Korea and South Korea had not moved me in the same way. Despite all my efforts to learn about the ongoing conflicts, including stories about the families that were divided, North Korean refugees, surviving "comfort women," and the famines in North Korea, historical knowledge, first-hand accounts, and my ethnic roots were not enough. What touched me to the core, however, and gave me a heart for the people of

Korea were the events that unfolded on September 11, when my own city and country were under attack. This is when I began to understand the value of liberty. This is when I began to have a heart for Korea.

Several months after the war in Iraq began in 2003, I came to Korea determined to appreciate what happened during the Korean War and to understand the historical alliance between the United States and South Korea. It was this trip that sparked my dream of becoming a JAG officer in Korea.

Those were my civilian days when I was easily awed by the sight of U.S. soldiers roaming the streets of Itaewon. I had an opportunity to speak with several young soldiers sitting outside the gates of Yongsan Army Garrison. I was amazed at their commitment to their country, which brought them so far from home at such a young age. I then visited the adjoining National War Memorial. Outside, I stood mesmerized by rows of stone tablets erected fifteen feet high, tablets that memorialized by name 33,741 U.S. soldiers who where killed during the Korean War.

Inside the National War Memorial, glass encasings lined the walls displaying the past wars in which South Korea sent its soldiers to support. There were many wars for which some displays were larger than others. I quickly browsed through all of them until I reached the one that grasped my attention and caused me to tremble. It was a display of September 11. I trembled at this sight more than any other because I was there - it was part of my personal experience. I was dumb founded by the strange and eerie feeling of reliving history as it was encased in this museum halfway around the world. Would future generations pass over this display as quickly as I did for the ones I had no personal connections with? Suddenly, I realized my under appreciation for liberty and the meaning of being in a state of war in the present and from time memorial. I continued my quest to learn more.

In Incheon, I stood beside a statue of General Douglas MacArthur commemorating his landing operation against North Korea. I then visited the demilitarized zone (DMZ) between South Korea and North Korea, where U.S. soldiers have stood guard for more that half a century. Here also, there was a glass encasing memorializing past wars. It was a display of various rocks brought from all over the world where the wars took place. I looked eagerly for any related to September 11 but found none. What I did find, however, was a cornerstone of resolve. Resolve to somehow help improve the relations between the U.S., South Korea, and North Korea.

Five years later, after receiving the requisite legal and soldier training, I am now inside the gates of Yongsan Army Garrison fulfilling my dream as a Soldier, Officer, and Legal Assistance Attorney in the JAG Corps. Never had I imagined that I would be on the inside walls of the Garrison. Never had I imagined working so closely with U.S. servicemembers along side members of the Korea Augmentation to the U.S. Army (KATUSAs) and other members of the South Korean Army.

From the moment I arrived in Korea I promised never to

forget what brought me here and the experiences that gave me a heart for Korea. At the center of this heart is a passion for liberty, justice, and truth. These are the values that have given me life and purpose in Korea. As a JAG Officer, I have had many opportunities to uphold these values here.

At the forefront of these opportunities was my participation in a military exercise involving U.S. and South Korean armed forces working together in response to a simulated attack by North Korea. This experience gave me a deeper understanding of the rules governing the conduct of armed conflict and the protection of victims of war. Moreover, it gave me exposure to the level of complexity, collaboration, and communication required to win a war and to maintain national security. At the end of the exercise, General B.B. Bell, the then commander of United States Forces Korea (USFK), United Nations Command (UNC), and Combined Forces Command (CFC); and General Byung Kwan Kim, the deputy commander leading the South Korean forces and also the commander of CFC and the Combined Ground Component Command (GCC), handed each participant a coin. I keep these coins side-by-side to commemorate the great alliance between the U.S. and South Korea.

Another significant opportunity that gave me a deeper understanding and appreciation of this great alliance was the South Korea-U.S. Joint Legal Seminar in Daejun. This forum provided a comparative overview of the South Korean Army JAG Corps and the U.S. Army JAG Corps. Another topic was human rights under international law and the current issues and violations of human rights occurring in North Korea. Professor Jae Chun Won, Associate Professor of Law at Handong International Law School captivated the audience with his recent study of the conditions in North Korea based on testimonies given by refugees. He raised concerns for North Korean refugees and the need for South Korea and countries worldwide to work together for their protection. Another important segment of this seminar discussed the lessons from a recent military exercise highlighting the greater role and command South Korean forces will have in its alliance with the U.S. and other members of the UNC.

As a JAG officer I also act as a trial observer and have witnessed the Status of Forces Agreement between the U.S. and South Korea enforced fairly against U.S. servicemembers accused of committing a crime. In addition to assisting U.S. servicemembers, I provide legal assistance to retirees, Department of Defense employees and their family members on a wide range of issues. To assist these individuals as a JAG officer is not only an honor, it is a duty that I uphold with gratitude for the shared commitment and sacrifices we make for our country.

I am grateful for the opportunity of serving my country in South Korea. My life in Korea is a dream come true, assimilating my various interests into a beautiful mosaic. I will never forget the events that led me here and the values that shaped my heart for Korea. As a result, I now have a deeper understanding and appreciation for the complexity of wars especially in the context between North Korea and South Korea. Where the Army takes me next is uncertain-perhaps, Iraq or Afghanistan. Wherever it is, I know that the values of liberty, justice, and truth will take me far and expand my heart for the people we protect on the ground and back home.

한국에 대한 마음

엘리너 김
미8군 법무관

날씨가 상쾌해지고 가을 낙엽의 향기가 하늘을 가득 채울 때, 나는 나의 꿈과 한국으로 나를 오게 만든 과정을 기억한다. 나는 미 육군 법무단에 근무하게끔 마음을 바꾸고, 내 야망을 돌리도록 촉매역할을 한 9.11테러를 기억한다. 나는 왜 한국이 단일 민족으로서, 남북한 간의 전쟁이 나를 같은 길로 가도록 하지 않았는지 기억한다. 남북 이산가족에 관한 이야기, 북한 난민, 정신대 위안부와 북한의 기근, 역사적 지식 및 직접 들은 이야기를 포함해서 진행 중인 물리적 충돌에 관해 배우려고 무진 애를 썼는데도 많이 부족했다. 그러나 나에게 감동을 준 핵심, 그리고 한국사람들에 대한 마음이 와 닿은 것은 9.11테러, 나의 도시와 국가가 공격을 받을 때 일어난 사건이었다. 이때에 나는 자유에 대한 가치를 이해하기 시작했고, 한국에 대한 애정을 갖기 시작했다.

2003년에 시작된 이라크 전쟁 몇 개월 후, 나는 한국전쟁 동안 어떤 일이 일어났는지 제대로 인식하고, 한미간 역사적인 동맹을 이해하기 위해 한국에 왔다. 이 여행이 한국에서 법무관이 되는 나의 꿈에 불을 붙였다.

내가 민간인 시절, 나는 이태원 거리에서 미군 병사들이 배회하는 모습을 보고 쉽게 경외감을 느꼈다. 나는 용산 미군 주둔지 밖에 앉아 몇몇 젊은 병사들과 대화할 기회가 있었다. 그렇게 젊은 나이에 그들 고향으로부터 멀리 떨어진 곳에 불려와 국가에 헌신하는 모습에 놀랐다. 그리고 인접해 있는 전쟁기념관을 방문하였고, 기념관 밖에 15피트 높이로 세워진 돌에 새겨진 추모비에 한국전에서 사망한 33,741명의 미군 병사들의 이름을 보고 넋을 잃고 서 있었다.

전쟁기념관 안, 유리벽 상자에 한국 전쟁을 지원한 병사들의 현황이 전시되어 있었으며, 거기에는 수많은 크고 작은 전쟁 기록이 전시되어 있었다. 나는 전시물을 쭉 둘러보다가 나의 시선을 사로잡은 한 곳에 머물러 보다가 전율을 느꼈다. 9.11테러사건이 전시된 곳이다. 당시 내가 그 현장에 있었고 직접 경험해 봤기 때문에 다른 전시물보다 더 전율이 왔다. 전 세계적으로 볼 때 전시물이 보통 수준의 기념관이지만 역사를 다시 체험하는 듯한 이상하고 섬뜩한 느낌에 말문이 막혔다. 미래 세대들이 나와 개인적으로 상관없는 사람들이라며 내가 한 것처럼 빠르게 이런 전시물을 간과할까? 갑자기 나는 과거로부터 현재 전쟁상태에 있는 의미와 자유에 대해 공감하고 있음을 깨달았다. 나는 더 많은 것을 알기 위해 탐구를 계속했다.

인천에 가서 나는 대 북한 상륙작전을 기념하는 맥아더 장군 동상을 찾았다. 그리고 반세기가 넘도록 미군 병사가 경계를 하고 있는 남북한 대치지역인 비무장지대(DMZ)를 방문했다. 여기에서도 과거 전쟁을 추모하는 전시가 되어 있으며, 전쟁이 일어났던 세계 각 지역에서 가져온 다양한 바위들이 전시되어 있다. 나는 혹시 9.11테러와 관련된 것이 있나 열심히 봤지만 그런 것 은 찾지 못했다. 그러나 내가 찾은 것은 결의에 대한 초석이었다. 즉, 미국, 한국과 북한 간에 관계 증진에 도움을 주는 결의.

5년 후, 필요한 법적, 군사훈련을 받은 후, 나는 현재 용산 육군기지에서 나의 꿈이었던 군인, 장교로서 그리고 군법무단의 군 법관 보좌관으로 임무를 수행하고 있다. 나는 군 병영에서 근무하리라는 것은 상상도 못했고, 미 육군에 한국 증원군인 카투사와 기타 한국군요원과 가까이서 근무하리라곤 상상하지 못했다.

한국에 도착한 순간부터 나는 내가 여기에 왔고 나에게 한국에 대한 마음을 갖게 해준 경험을 결코 잊지 않을 것이라고 약속한다. 이 마음 한 가운데에는 자유, 정의와 진실에 대한 열정이 있다. 이것들이 나에게 한국에서의 생활과 목적이 주어진 가치이다. 군 법무관으로서 나는 한국에서 이러한 가치를 유지하는 데 많은 기회를 가졌었다.

이러한 기회 중 중요한 것은 북한 공격 모의에 대응하는 한미 합동 군사연습 참가였다. 이러한 연습을 통해서 나는 전쟁피해자에 대한 보호와 군사적 충돌 시 교전 규칙에 대해 좀더 깊게 이해하게 되었다. 뿐만 아니라, 전쟁에 승리하는 데 필요한 복잡성, 공조 및 통신의 수준과 국가안보 유지에 대해 많은 것을 알게 되었다. 연습 종료 후 주한미군사령관, 유엔군사령관 겸 연합사령관인 벨 대장과 한국군 측의 연합사 부사령관인 김병관 대장 및 지상구성군사령관이 참가자들에게 기념 코인을 수여했다. 나는 이 코인을 한미간의 동맹을 기념하기 위해 잘 간직하고 있다.

내가 이러한 동맹에 대한 이해와 공감을 갖게 된 또 다른 기회는 대전에서 개최되었던 합동법률 세미나였다. 이 세미나는 한미간의 법무단에 대한 비교검토였으며, 기타 주제로는 국제법하에서의 인권과 현행 의제 및 북한에서 일어나고 있는 인권유린에 관한 것이었다. 한동대 법학과 원재전 교수는 북한 귀순자 증언에 기초한 최근 북한 상항에 대한 연구로 청중을 사로잡았다. 그는 북한 난민과 그들은 보호하기 위해 한국과 국제사회의 공동 노력이 요구된다고 문제를 제기했다.

세미나에서 기타 중요한 의제는 최근 실시한 군사연습의 중요한 역할에 대한 교훈과 한국군이 미국의 동맹과 유엔사 회원국을 지휘하는 것에 대한 토의였다. 나는 법무장교로서 재판 참관인으로 활동하면서 한미 군사협정 지위에서 미군의 범죄피의자에 대한 공정한 집행을 위한 증언을 하였다. 미군 지원에 부가하여 나는 퇴역군인, 국방성 근무자 및 그들 가족구성원들의 광범위한 문제에 대한 법적 지원을 제공한다. 이들 각 개인들에 대한 지원을 위해, 법무장교로서의 명예뿐만 아니라 우리 국가를 위한 책무와 희생을 나눈 것에 대한 감사한 마음을 유지하는 것 또한 나의 임무이다.

나는 한국에서 내 나라를 위해 근무하게 된 것에 감사한다. 한국에서의 나의 생활은 꿈이 현실로 이루어진 것이고, 아름다운 모자이크에 나의 여러가지 관심사항이 동화되어 있다. 한국에서 겪었던 여러 가지 일들과 한국에 대한 나의 마음에 새겨진 가치들을 영원히 잊을 수 없을 것이다. 결과적으로 나는 현재 남북한 간의 여건 속에서 특히 전쟁의 복잡성에 대한 깊이 있는 이해와 공감을 갖게 되었다. 임기 후

군에서 나에게 주어질 다음 부임지는 잘 모르지만 이라크나 아프카
니스탄일 것이다. 그곳이 어디든, 나는 자유, 정의와 진리의 가치가
나에게 국가를 보호하고 집으로 돌아오라는 국민에 대해 나의 가슴에
더욱 깊고 넓게 자리잡을 것이라는 것을 안다.

The Ultimate Korean Experience

SGT La Chanda Dangerfield
13S Field Artillery Surveyor, Warrior Readiness Company

Korea seems so far away from home (the United States) and a lot of Soldiers and civilians get home sick. The cure to being home sick is getting out and creating ultimate Korean experience. My ultimate Korean experience begins in 1995 with an experience of the "old" Korea and will lead up to the industrialized 2008 Korea. I will also include in my ultimate Korean experience the culture, memorable making places, and the American Soldiers Korean counterparts also known as KATUSAs.

My first ultimate Korean experience took place in November 1995 when the land surrounding my Army camp was nothing but rice patties with numerous workers wearing rubber boots and big hats, slumped over for many hours of the day, harvesting rice. I can also recall the sidewalks along the major shopping district by the Uijongbu subway station filled with older Korean women squatting in the center of about six or seven round tubs full of garden grown vegetables for sell; how things have changed. The new 2008 industrialized Korea has everything to keep you from getting homesick including McDonalds, Seven-Eleven stores (as frequent as the U.S.), Outback Steakhouse, TGIF, Baskin Robbins, PRADA stores, casinos, and golf complexes. I have witnessed Korea evolve into a beautiful industrial country.

Everything I experience during my ultimate Korean experience has not been about spending money, tall buildings, and places to see. I have had the pleasure of learning, seeing, and participating in some of the rich Korean values and attitudes that are instilled in every Korean at an early age. These values and attitudes are seldom spoken and always taught and executed. The value that I have experienced most often is the respect shown to elders and the love of children. I have experienced empty seats on a crowed subway or bus, with people standing in every subway car and at least five empty seats that were a different color than all the rest of the seats on the subway. I could not understand why a jam-packed subway would have empty seats. I inquired about these empty seats from a battle buddy that had a little bit more experience riding public transportation than me and his reply was, "the seat were not sat in by any other passenger because the seats were marked for elderly, and handicap passengers." As he began to speak the worlds I thought to myself that a stop sign means nothing, but an elderly or handicap sign carries weight and is obeyed-imagine that.

I have also experience this valued honor of he elderly on the streets of Korea. I was in a vehicle stopped at an intersection and crossing from one side was an elderly lady, humped over, walking at a slow yet purposeful pace carrying a bag of some sort. From the opposite side, a middle aged women was walking with her young daughter who looked to be about six years old. As the mother and daughter approached the elderly lady I could see the mother pointing and saying something to her daughter. I do no know the exact words she spoke to her daughter, but as they reached the elderly lady the child asked, I will assume, the elderly women if she could help carry her bag and assist her across the street. The bag was almost as big as the child, but she held the bag in one hand and the elderly woman's arm in the other while mom walked behind the two with the look of a proud parent that had just passed on a time honored Korean tradition of respecting elders.

Another aspect of the Korean Culture that is linked with respecting elders is the language. Koreans speak totally different dialect to their elders as a form of respect or familiarity. This different dialect spoken to elders is not requested by the eldest person in the conversation, but is given upon notice of person being older than the one initiating the conversation. The dialect has the proper respect automatically added.

My most favorable Korean experience has been with my Korean counterparts also known as Korea Augmentation to the United States Army (KATUSA), and Korean Service Corps civilians (KSCs). I have had the pleasure of working with KATUSAs and KSCs from February, 2006 to present. While witnessing education as their top priority, they also take the time out to share their culture upon request. Much of the culture, places, and language I have learned have been from them. KATUSAs express a desire to learn about the American culture, the way we speak; proper and slang, how we laugh, what and how we eat, what we do to have fun, what games we play, the clothes we wear, and the way we wear our hair. This desire to learn from us makes me want to learn from them.

As much as Koreans love to learn, they have the same love for teaching, The KATUSAs and KSCs that surround me have taught me so much about the language, culture, history, and the places to go to achieve my ultimate Korean experience. Through their coaching and planning I have experienced the language, and I learn useful phrases or phrases or words every week from my Korean counterparts. The best part of this language experience is using the words or phrase when I'm off the military installation, I shock most Koreans. I have learned about the subway such as how to read the subway map and the markers on each subway station as a guide, the bus system and where to catch the bus, get off, transfer from one bus to another. I have experienced the Korean Broadway martial arts performance Jump, the American Broadway musical Cats and the African history museum. On the major holidays like "Chusok" the KSCs and KATUSAs bring to life a Korean experience of the holiday by giving a detailed brief of what it is equivalent to in America, and sometimes we even experience the food. They will bring in containers of a prepared dish us to try and experience.

My entire stay in the Republic of Korea has been a wonderful experience. The experiences I have shared will forever be embedded in my heart and soul. The land, the people, the culture and the life.

인상 깊은 한국 경험

라 찬다 데인저필드 병장
13S 야전포병 측지반 전투지원 중대

한국은 내 고향 미국에서 멀리 떨어져 있으며, 많은 군인들과 가족들은 향수병에 걸리는 것 같다. 향수병의 치료는 부대 밖으로 나가 한국을 경험하는 것이다. 나의 인상적인 한국의 경험은 '옛날'의 한국인 1995년에 시작하여 산업화된 2008년의 한국으로 이어졌다. 여기에는 한국의 문화와 기억에 남는 장소들과 네 명의 동료인 카투사로 불리는 한국병사들도 포함되어 있다.

나의 인상 깊은 한국 체험은 1995년 11월에 시작되었으며, 당시 부대 주변은 고무장화를 신고 큰 모자를 쓴 많은 농부들이 하루 중 많은 시간을 보내며 추수하던 논밖에 없었다. 그 밖에도 의정부 전철역 상가 지역의 보도에 앉아서 밭에서 기른 야채를 팔기 위해 여섯 개 또는 일곱 개의 큰 바구니 가운데 앉아 있던 수많은 할머니들이 기억에 남아 있다. 그 후 많은 변화가 일어났다. 2008년의 새로운 산업국가 한국에는 맥도날드 햄버거, 미국에서와 같이 24시간 영업을 하는 많은 편의점, 아웃백 스테이트 식당, TGIF 식당, 배스킨 로빈스 아이스크림 가게, 프라다 의류점, 카지노와 골프 용품점에 이르기까지 향수병을 잊게 하는 모든 것들이 있었다. 나는 아름다운 산업국가로 발전된 한국을 체험하게 되었다.

나의 인상적인 한국체험에는 물건 사기, 높은 건물 및 구경 다니는 것에 관한 것이 아니다. 나는 모든 한국인들이 어린 시절부터 익혀온 풍부한 한국적인 가치관과 사고방식들을 배우고 보고 참여하는 기회를 가졌다. 이런 것들은 말로 알게 되는 것이 아니라 배우고 행해야 하는 것들이다. 내가 가장 많이 접했던 가치관은 어른들에 대한 존경심과 아이들에 대한 사랑이다. 사람들이 가득 찬 지하철과 버스에 사람들이 서 있는 데 다른 좌석들과 색깔이 구분되는 빈 좌석이 적어도 5개는 있다는 사실을 경험했다. 나는 만원 전철에 왜 빈 좌석이 있는지 이해할 수가 없었다. 나보다 공공 교통수단을 더 경험한 동료병사에게 이에 관해 물어봤더니 그의 대답은 "그 좌석은 노인들과 장애자들을 위한 좌석"이라는 것이다. 그가 이 대답을 하는 동안 나는 정지 신호가 아무런 의미가 없는, 그러나 노인과 장애자에 관한 표시가 의미 있는 그리고 지켜지는 세상을 생각해 보았다 – 상상해 보라.

나는 한국의 길거리에서 노인을 존경하는 이러한 가치관을 체험했다. 나는 네거리에서 정지하고 있던 차량에 타고서 한 할머니가 구부

정한 허리로 어떤 물건을 담은 가방을 들고 느리게 그러나 확실한 걸음걸이로 길을 건너는 보습을 보고 있었다. 반대편에서는 중년 여자가 여섯 살쯤 되는 딸아이를 데리고 길을 건너고 있었다. 두 모녀가 할머니 가까이 다가가면서 엄마가 딸에게 무슨 말을 하면서 할머니를 가리켰다. 나는 아이 엄마가 무슨 달을 했는지 모르지만 할머니에게 다가가자 딸은 할머니에게 말을 걸었다. 내 생각에 할머니 가방을 들고 길을 건너는 것을 돕겠다는 것 같았다. 가방은 거의 꼬마의 크기와 같았지만 꼬마는 한 손에 가방을 들고 다른 한 손은 할머니의 손을 잡고 있었다. 엄마는 두 사람 뒤에서 오랫동안 지켜 내려온 노인에 대한 존경심에 관한 전통인 자랑스러운 부모의 모습으로 이를 지켜보고 있었다.

노인에 대한 존경심과 관련된 또 하나의 한국 문화는 언어다. 한국인들은 노인에 대한 존경과 친근감의 형태로서 노인들에 대해 전혀 다른 표현을 사용한다. 이러한 상이한 용법은 대화 중에 나이 많은 사람들이 요구하는 것이 아니라 이야기를 시작하는 사람이 자신보다 나이 많은 사람을 인식하면서 사용된다. 이러한 용법에는 적절한 존경심이 자동적으로 표현되어있다.

한국에서 내가 가장 좋아하는 경험은 카투사로 불리는 한국병사 친구와 민간인 근무자들과 같이 있었던 것이다. 이들과 보람 있게 일할 수 있었던 것은 2006년부터 지금까지 이어져 오고 있다. 교육이 그들의 최우선 관심사였지만 내가 요청하면 그들은 시간을 내어 그들의 문화에 관해 체험하게 해 주었다. 내가 배운 한국의 문화와 장소 및 언어는 대부분 이들을 통해 이루어진 것이다. 카투사 병사들은 미

국의 문화와 표준 및 속어 사용 방식, 웃는 방식, 어떤 음식을 어떻게
먹는지, 재미있는 일은 어떤 것인지, 어떤 게임을 즐기는지, 어떤 옷
을 입는지 그리고 헤어스타일 등에 관해 알고 싶어 한다. 우리로부터
배우고 싶어 하는 그들의 이러한 관심이 내가 그들로부터 배우고 싶
게 한 것이다.

한국인들은 배우고 싶어 하는 만큼 가르치는 데에도 열성적이다.
내 주변의 카투사 병사들과 민간인 자원봉사자들은 나의 한국에 대
한 인상 깊은 체험을 이룰 수 있도록 언어와 문화, 역사 및 가 보아야
할 곳들에 대해 많이 알려주었다. 그들의 지도와 계획을 통해 나는
한국어를 경험했으며 내 한국인 동료들로부터 매주 유용한 표현들과
단어들을 익혔다. 내 언어 경험의 가장 멋있는 부분은 내가 영내를
벗어나 배운 말이나 표현들을 사용하여 많은 한국인들을 놀라게 하
는 것이다. 나는 지하철 지도 읽는 방법과 매 정거장의 안내 표지,
버스 운용체계 및 어디에서 버스를 타고 내리는지 그리고 이 버스에
서 저 버스로 옮겨 타는 방법들을 배웠다. 나는 브로드웨이에 진출
했던 한국의 무술공연인 점프와 미국의 브로드웨이 뮤지컬 캣츠를
관람했고 아프리카 역사박물관을 가 보았다. 추석과 같은 주요 공휴
일에 카투사 병사들과 자원봉사자들은 이것이 미국의 경우 어떤 것
에 해당하는지에 관해 그리고 때로는 음식에 관해서도 자세하게 설
명해 주면서 한국에서 생생한 경험을 할 수 있게 해 주었다. 그들은
우리가 먹어보고 경험할 수 있도록 마련한 음식을 상자에 담아 오기
도 했다.

나는 한국 근무 전 기간을 통해 훌륭한 경험을 했다. 내가 그들과 나눈 모든 경험들은 내 가슴과 영혼에 영원히 새겨져 있을 것이다. 국토, 국민, 문화 그리고 한국인들의 생활.

Korea is Fun

Amy Burger
Student

Hi, my life is Amy and I have lived in Korea practically my whole life. Right now I am currently in 7th grade I have lived here for about 11 years. I was born in Virginia and I lived there for 1 year then I moved here in Korea. Right now I am 12 turning 13 on December 22. I have known some people since kinder garden and I have enjoyed it. Some of them still live here.

My father retired the army about 10 years ago here at Korea. I have enjoyed living here with my family. I go to HAS right now. I have really enjoyed the school here since I have a lot of friendly teachers and very nice friends and people. HAS use to be a bowling alley ever since 2003 when they turned it into a school.

The school before had only 3 class room which was the

kinder garden, 1st grade, and 2nd grade. I got to finish at that school for 2nd grade then I went to OAES for 3rd grade. I have been enjoying school. I went to a Korean School for pre-school it was very different. We would have to pray for over food and our recess would only be inside. I would also have to change my shoe to Korean slip on. I did have some mean teachers that would threaten us, but luckily the school turned into a piano school at least 3 years ago. That was my school life.

Now for the places that are popular around here. There is an amusement park in Korea named Everland. There are about 3 roller coasters and a lot more rides. This amusement park can be compared to Six Flags. Right now they are extending Everland and making it bigger. I have gone to Everland a few times. I have gone there with friends and family members that are a distance away from me. My experience in Everland has been very fun and I would like to go there with friends.

Right next to Everland is a water park called Caribbean Bay. It is very popular and it is very big. It has different activities such as a kiddy pool, slides, indoor swimming pool, etc. I have gone there once with a friend and a lot with my family. That friend that went with us still lives here in Korea and currently is in his sophomore year. I have always enjoyed going to Caribbean Bay.

Now I am going to talk about my family. I have 6 people in my family including me. There is my dad, mom, sister, brother, and I. I also have a dog named Beethoven. We don't really know what type of dog he is, but our good guess is that is a havanese. I use to have another dog but he died on the most beautiful day ever which is Christmas. I have gone through a lot of deaths with my dogs and I will never forget them. It was very hard getting over it and I still do have some trouble.

My father has lived here in Korea for about 24 years. He wants to see and live with his family so that's when we decided to move to the states. I have never felt how it is in the states since I only lived there for 1 year which was the year I was born. I don't really remember anything from back then. I have a lot of friends here in Korea and they are really nice. I have had a lot of good times with my friends and I will never forget it. It has been really fun and I will never ever forget everything we did and who my friends were. That was all about my friends and family.

Now for what part of Korea I live in. In my perspective, I think that Humphreys is the best base because we have the biggest gym in the pacific. We are also the only base with a water park in Korea. Humphreys is going to be the biggest base in Korea since they are in the process of making it bigger right now. In about 2 more years, we are going to have a high school since Seoul is going to move here to Humphreys pretty soon. I am getting excited by the improvements they have been making here in Humphreys.

In Humphreys, HAS is the first middle school since Osan already had a middle school, high school, and elementary school. Now that Seoul is moving here, Humphreys has already started making a high school. The high school might be done in about 1 or 2 years and everybody is excited to see how it looks. I am not going to be able to attend the high school because in about 2 years I am going to move. I am going to start high school in the states. I have never experienced living in Missouri but I go there every year for at least 2 weeks. I always go to states because my family and I want to see our long distance family. Once I move to Missouri I would love to see the high school there and here in Korea. We haven't really decided on what high school that my sister and I will be attending once we move there. That is how I feel about Humphreys and part of my future.

In my life I have gone to different places in Korea. I have had fun while going to those different places. I have been to Osan, Seoul, Kangwa Island, Pyeongtaek, Daegu, DMZ, etc. when I saw a snake I got scared and happy. The reason I got happy was because my mom made the most comical face expression when I told her not to go down the steps. She didn't believe me so she looked then she screamed. It was very funny.

Now for the memorize. I have lived in 5 houses and now this is my 6th. There was once a time when I lived in my 4th house and when I looked outside, I saw lots and lots of snow. It was about 1 and a half feet tall. It was fun since I got to play outside for about an hour and after that I got to go inside and drink hot chocolate. The house I am living in right now is pretty much the middle of no where. I usually get a good exercise since I live at least I hour away from my friends when walking. I usually have a fantastic time when I get to visit my cousins which they live in New Mexico. I only got to go there once.

We got to sled and I got to do the same thing here. I got to go to a field trip going to sledding resort. You would get to ski, sled, or snowboard. In my life I got to go to 3 different ones but I don't go there anymore. Korea is fun if you know where you're going and how to get there. Discovering Korea can get fun and tiring but it's worth the time. That was all my memorize. That was my essay on "My Life in Korea"

한국은 재미있는 나라

애이미 버거
미8군 군속 자녀(중학교 1년)

안녕하세요. 저는 애이미라고 합니다. 저의 한국에서의 생활은 저의 삶 전부라고 할 수 있습니다. 현자 중학교 1학년인 저는 11년 동안을 한국에서 살고 있습니다. 저는 미 버지니아 주에서 태어나서 1년 후에 한국으로 이사 오게 되었습니다. 나이는 금년 12월 22일이면 만 13살이 됩니다.

저는 여기서 유치원을 다니면서 알게 됐던 여러 명의 친구들과 즐거운 시간을 보내곤 하였습니다. 이들 중 일부는 아직도 여기에 살고 있습니다.

미 육군이었던 아버지는 10년 전에 한국에서 예편하셨습니다. 저는 가족과 함께 살고 있는 이곳 한국에서의 삶이 참 즐겁습니다. 저는 현재 험프리 미국인 학교의 학생입니다. 친절하신 선생님들, 좋은 학우들, 주변의 여러분들과 함께하는 학교생활은 매우 즐겁습니다. 험프리의 미국인 학교는 예전에는 볼링장이었으나 2003년에 학교 건물이 되었습니다.

평택 험프리의 미국인 학교는 유치원반, 초등학교 1학년반, 초등학교 2학년반, 단지 3개 학급만이 있었습니다. 저는 2학년반을 마치고 오산에 있는 미국인학교 3학년반에 입학하였습니다. 저는 학교생활을 즐겁게 하였습니다. 정규학교 입학 전에는 한국인 학교에 다녔는데 그곳은 매우 다른 곳이었습니다. 음식을 먹기 전에는 반드시 기도를 해야 했으며, 휴식도 실내에서만 할 수 있었고, 도착하면 신발도 슬리퍼로 바꿔 신어야 했습니다. 몇몇 선생님들은 수준도 낮고 엄격하기도 했습니다. 그러나 다행히도 그 학교는 3년 전에 피아노 교습소로 바뀌었습니다. 이게 제가 경험한 학교생활의 전부입니다.

이제 이곳의 인기 있는 몇몇 장소를 얘기하고자 합니다. 한국에 에버랜드라고 하는 놀이공원이 있습니다. 이곳에는 3개의 롤러코스트와 여러 개의 탈것들이 있습니다. 이 놀이공원은 과히 미국의 식스플래그 놀이공원과 견줄만한 곳입니다. 현재는 이 에버랜드를 더 큰 놀이시설화 하기 위해서 확장공사 중에 있습니다. 저는 에버랜드에 여러 번 가 보았습니다. 집에서 떨어져 있어서 친구들과 가기도하고 가족들과 같이 가기도 하였습니다. 저는 에버랜드에서의 많은 즐거웠던 경험들을 갖고 있고 친구들과 다시 가고 싶어 하고 있습니다.

에버랜드 오른편에는 캐러비안 베이라는 물놀이 시설들이 있습니다. 이곳은 인기도 있고 규모도 매우 웅장합니다. 어린이 수영장, 미끄럼틀, 실내수영장 등이 있습니다. 이곳에 한 번은 친구들과 갔었고, 가족들과는 여러 번 갔었습니다. 그 친구들은 아직도 여기 한국에 살고 있으며 지금은 고등학교 2학년입니다. 저는 항상 이 캐러비안 베이에 가는 것을 좋아하였습니다.

다음은 제 가족의 얘기를 하려 합니다. 우리 가족은 저를 포함해서 모두 6명입니다. 아버지, 어머니, 누나, 형 그리고 저입니다. 그리고 베토벤이라고 부르는 개가 한 마리 있습니다. 우리집의 개는 정확히는 어떤 품종인지는 잘 모르겠으나 추측하건데 하바네스 종일 것입니다. 저는 또 다른 개를 길렀었는데 녀석은 안타깝게도 즐거워야할 크리스마스 날에 죽었습니다. 저는 내가 길렀던 여러 마리 개의 죽음을 지켜보았고 그들의 죽음을 결코 잊을 수가 없습니다. 그것을 잊기에는 매우 어렵고 지금도 저를 힘들게 하고 있습니다.

저의 아버지는 여기 한국에서 24년간 살았습니다. 아버지는 아버지의 가족 친지들을 만나고 같이 사시기를 희망하고 있습니다. 그런데 저희 집은 미국으로 이사 가기로 결정하였습니다. 저는 태어나서 1년 후에 한국으로 왔었기 때문에 미국 생활이 어떤 것인지, 전혀 느낌이 없습니다. 저는 정말로 미국에 대해서 기억나는 것은 아무것도 없습니다. 저는 이곳 한국의 많은 친구들이 있고 그들은 정말로 제겐 좋은 친구들입니다. 이 친구들과 재미있는 시간들을 많이 가졌었고, 그들과 함께했던 즐거웠던 많은 시간들은 결코 잊지 못할 것입니다. 이게 제 친구들과 가족에 대한 이야기의 전부입니다.

다음은 제가 살고 있는 한국에 대한 이야기입니다. 제 생각에 태평양 지역에서 가장 큰 체육관을 갖고 있는 험프리는 최고의 기지입니다. 또한 여기는 물놀이 시설 공원이 있는 한국의 유일한 기지이기도 합니다.

험프리 기지를 한국 내 최고의 기지로 만들기 위한 확장 공사가 진행 중에 있습니다. 약 2년 후면 험프르 기지는 고등학교 시설이 만들어지고, 서울의 고등학교가 이곳으로 통합될 것입니다. 저는 이와 같은 개량공사들이 험프리를 더 큰 기지로 만들 것이란 기대에 부풀어 있습니다.

험프리 내의 미국인 학교는 여기으 최초 중학교이지만, 오산기지에는 이미 중학교, 고등학교, 초등학교들이 있습니다. 험프리에 고등학교 건물은 이미 건축을 시작하였으며, 서울의 고등학교는 곧 이곳으로 오게 될 것입니다. 이곳의 고등학교는 1~2년 안에 공사를 완료하게 될 것이며, 모두들 어떤 형태의 학교 모습을 볼 수 있을 것인가에 대한 기대를 하고 있습니다. 저는 2년 안에 미국으로 이사 가기 때문에 이 고등학교에는 다닐 수가 없게 됩니다. 저는 미국에서 고등학교에 다녀야 합니다. 저는 미주리 주에 대한 경험은 전혀 없습니다. 다만 매년 약 2주 정도 방문하기만 했었습니다. 저와 저의 가족들은 멀리 떨어져있는 일가친척들을 만나기 위해서 항상 미국에 가곤 하였습니다. 미국으로 이사를 가더라도 저는 여기 한국과 미국의 고등학교를 다 좋아할 것입니다. 미국으로 이사 후에 저의 언니와 저는 어떤 미국 고등학교에 다닐 것인지를 아직 결정하지 않았습니다. 이게 저가 느낀 험프리와 저의 미래에 대한 이야기였습니다.

저는 한국의 여러 곳에 가 보았습니다. 오산, 서울, 강화도, 평택, 대구, 비무장지대 등을 방문하면서 즐거운 경험들을 하였습니다. 뱀을 보았을 때 두렵기도 하였지만 재미있기도 했습니다. 재미있는 것은 제가 어머니에게 움직이지 말라고 말했는데도 저의 말을 믿지 않으시고 두려운 얼굴 표정을 짓고 보시는 것이 우스꽝스러워서 참 재미있었습니다.

이번엔 과거의 저의 기억들을 이야기하려고 합니다. 우리집은 다섯 번 이사를 다녔고 지금은 여섯 번째로 이사 온 집에서 살고 있습니다. 제가 네 번째로 살았던 집에서는 아침에 일어나 창밖을 내다보니 많은 눈이 쌓여 있었습니다. 아마도 1.5피트 정도는 되는 것 같았습니다. 눈장난을 치면서 한 시간 정도 놀다가 집안에 들어와 뜨거운 초콜릿 음료를 마시기도 했습니다. 그 집은 현재 제가 살고 있는 집의 중간 정도쯤에 있습니다. 저의 친구 집은 약 1시간 거리에 있어서 운동삼아 걸어서 방문하기도 했습니다. 저는 뉴멕시코 주에 있는 사촌 집에 방문했을 때는 재미있는 시간들을 보냈습니다. 거기엔 한 번 갔었습니다.

우리는 눈썰매장에 갔었고, 여기서와 같은 놀이들을 즐겼습니다. 저는 여기 한국에서 스키, 눈썰매타기, 스노우보드를 탈 수 있는 시설 등이 있는 곳으로 여행을 가기도 했습니다. 저는 그런 시설들이 있는 곳에 3번 가 보았습니다. 그러나 앞으로는 더는 못 갈 것입니다. 만약 여러분이 한국의 어디에 어떻게 가더라도 한국은 재미있는 곳입니다. 한국을 안다는 것은 재미있고, 쉽지 않은 것이지만 충분히 가치 있는 시간들이 될 것입니다. 이게 저의 이곳에서의 기억의 전부입니다. 그리고 '저의 한국 생활' 에 대한 수기입니다.

Nostalgic Paradox

PFC Sang Yoon Oh
8th Army Public Affairs Office

"There are two things in the world that matters. One is culture. Another is booze," said the taxi driver. Situations are sometimes described best with simplicity, and such was his thought. With the romantic neon lights running past me, indulged in eccentric mix of modernity and culture of this metropolitan city, my thirsty nostalgia of twelve years smiled.

My twelve year 'exile' from my homeland ended with a letter from the Government. That same day, my managing director called me into her office.

"I have a proposal for you. I have been hearing good things about you and we want to give you a prominent role in the agency as well as a raise".

"I quit".

"What? Wait. What?"

A month later, I said my farewell to my work of eight months and a month after that I said my farewell to my home of twelve years; full of despair, empty on courage.

Korea is a paradox. Well, life is full of them. Being one of the fastest growing economies is the twentieth century; Korea currently boasts its excellence in technology and development. Yet, with a strong attachment of her tradition and culture, Korea provides a beautiful centre point of both extremes. Dominated by particular discourses such as patriarchy and capitalism, and often resistant to the alien ideologies, I am enjoying the realistically sadistic thought of current litigious societal notions of materialism, wealth and power of this homogeneous nation.

"This is where you become real men," said the drill sergeant at the Korean Army Training Centre. 'Under what definition?' was my silent protest as I struggled with the heavy load of the duffel bag and my fear of being trapped in an inescapable situation. First few days were the hardest. I was in a 'What-did-my-Government-do-for-me?' mood, taking no consideration whatsoever of Lincoln's famous words. I lived in a winter-less country, Malaysia, for twelve years and the cooling winds of March was my number one nemesis during my fire-guard hour.

Gamaraderie is a wonderful thing. It got me through two days of non-stop crawling, 30km march and various punishing trainings. It also got me no medical attention and fifty additional push-ups.

"Can I get a band-aid, sergeant?"

"No. None of your comrades have it and so will you".

"Well, it's not my problem that they didn't ask for it. I am asking for it".

"Drop and give me fifty".

Despite numerous mentions about North Korea being our only enemy, we found new common enemy during our basic training, in the form of drill sergeants. After light-out at 2200, we whispered our stories and shook our fists into the darkest night, giving smiles and strengths to each other, often dreading what to come next day. These friends of all backgrounds and characters gave each other an extra edge, a step over the limit; probably more than any of the drill sergeants ever could.

It is not an overstatement for me to say that I was a victim of culture shock. Despite being a full-blood Korean, I (a social construct) was heavily influenced by the salad bowl culture that is Malaysia. One of the major confusion I had was the direction of traffic movement. In Korea, cars drive on the right side of the road, whereas in Malaysia (Commonwealth country), the cars are on the left. For a few weeks, sometimes even now, I have nightmares in a perfectly well-driven vehicle whenever I see an oncoming vehicle. Language was another problem at times. My Korean proficiency level is decent (although not as much as I like it to be) and specialized military instructions were a pain. Once I worked the shovel for two hour straight as I thought the sergeant was looking for volunteers to fold washed bed sheets(a detail desired by many), instead of the grueling shoveling and all the sweeping. I wasn't the worst case however, as there was someone who only lived in Korea for two years out of his thirty year life. He changed into PT uniform when everybody changed into camo green and he shot my targets during rifle qualification. No offense intended whatsoever, but his inability to understand Korean shadowed my occasional(very rarely, mind you) stupidity, allowing me to quietly blend into the rest of the 'normal' trainees.

My mother, who is still in Malaysia, cried her eyes out on the day of my departure. At that moment, I actually felt my heart ache, for I was unable to do anything to help her ease her sadness; only time could. Leaving my whole life behind and going into a peculiar land of total control was not easy for me, but I hid my emotions in the tiniest corner of my heart, telling mom and myself that everything will be okay. May(my girlfriend then) hugged me with tears of waterfall at the airport. Waving to an atmosphere of a funeral, I ran through the busy departure hall echoing with the final boarding call. 'Out of sight, out of mind' was my desire, but 'Absence makes the heart grow fonder' came true as I miss them very much till this very moment.

Although English is not my mother tongue, it has never been a problem for me as majority of my education was carried out in English.

"Do you have a dollar note?" I asked Jones when I was on CQ duty.

"A what?"

"A dollar note. I want to use the vending machine".

"A note? Do you want me to write $1 on a paper and give it to you?"

It hit me then. His you-are-an-idiot laugh was right in my face; Mr. Embarrassment came running around the corner. You see, I attended a British school for seven years and 'note' is a perfectly accepted word for a bill in Queen's English. I immediately blamed him for not 'culturing up', but it was actually both ways. But, I love the situation I am in right now. I, a fan of cultural diversity, am currently experiencing two cultures, separated by just a brick wall with some barb sire. Killing two birds with one stone, you might say hey?

Lady Luck has been on my side of late (Being a KATUSA itself makes me lucky). Before joining the Army, I worked in an international public relations agency (think about how I felt when I had to quit!). The work was tough and involved long hours regularly, but I loved the work. Now I am a journalist for the Eighth Army Public Affairs Office. Working in the same line of work allows me to maintain and improve on my writing skills and techniques, as well as to build on my portfolio for my future career. Working in PAO also means great deal of traveling. Let's be frank here, who enjoys traveling for work? I hated it at first, hated packing, tight schedules and the work that follows after absence from the office. With just a few months on the team, I have been to four other U.S. camps (boy, I am glad that I am in Yongsan!), various ceremony and cultural festival all around Korea. At times I am ashamed as I am unable to answer to questions on my own country while on travels, but I am getting there. Experiencing the country life (even for a couple of days) and tasting the traditions and customs first hand is amazing. This paradoxical experience of a Korean trying to learn Korea is a gift and I thank God for his favoritism towards me. I now gladly pack my bag and enjoy the morning walk to the bus terminal. My professor told me that I was one of the luckiest people she met on my graduation day. I guess she can be right sometimes.

It has been 8 and half months since I got here and I have to say I feel very different from the first day I conscripted into the army. During the wild roller coaster ride of first two months of training, all I could think about was what is going to happen tomorrow. Constantly on my toes and never given time to relax, I felt like I was in some kind of a time warp, unable to see the end of the tunnel. I feared the change, lost love, lost a job and was called into serve the country against my free will. Now the feelings of loneliness and reluctance have left from me, as I am living everyday with a smile and great positive energy.

When the subway crosses the Han River, I am in awe of the picturesque spectacle of Seoul. When I walk the streets full of people and neon lights, I indulge in the liveliness of the city.

When I look up at the cloudless sky, engulfed in a cool gentle breeze. I smile beauty of simplicity.

It is peerless high . Love perhaps?

향수의 역설

오상윤 일병
미8군 홍보실

"세상에서 중요한 것은 두 가지가 있다. 첫 번째는 문화이고 또 다른 것은 술이다."라고 택시 아저씨가 말하였다. 어떤 상황은 간단히 제일 잘 묘사될 때가 있다. 그리고 이것은 그의 생각이었다. 대도시의 현대성과 문화의 괴이한 조합에 빠진 채, 로맨틱한 네온사인들을 지나치면서 내 12년 향수의 갈증이 차오르기 시작했다.

내 12년간의 '유배'는 정부로부터의 한 장의 종이로 끝이 났다. 바로 그날 상사가 그녀의 사무실로 나를 불렀다.

"난 당신에게 제의할 것이 하나 있습니다. 당신에 관해서 아주 좋은 평판도 들리고 있고, 당신에게 우리 단체에서 중요한 역할을 맡기려고 합니다."

"전 그만두겠습니다."

"왜요? 아니! 왜요?"

그 후 한 달 뒤, 난 8개월 동안 해온 일에 대해 작별을 고했고, 그후 한 달 뒤 십이 년 동안 나의 집이었던 곳에도 작별을 고했다. 절망과 실의상태였다.

한국은 역설의 나라다. 그렇다. 삶은 그들의 전부다. 20세기에 제일 빠른 성장을 보인 나라이고, 현재 한국은 기술력과 발전을 뽐내고 있다. 하지만, 문화와 전통의 강력한 우대로 인해 한국은 양쪽 극단의 아름다운 중앙을 보여주고 있다. 가부장제와 자본주의로 지배되고, 외부 사상에 대해서 배타적이다. 나는 물질주의적이며, 돈과 힘을 중요시하는 이 단일민족 국가에 대해 현실적으로 연민의 정을 즐기고 있었다.

"여기가 자네가 진짜 남자가 될 장소다." 라고 KATC(Korea Army Training Center) 훈련 담당 하사관이 말했다. '어떤 의미에서 진짜 남자라는 거야?' 라고 매우 무거운 더블 백을 힘들게 들고 있던 나는 이 피할 수 없는 상황에 갇혀 버린 공포를 느끼며 속으로 항의했다. 처음 며칠이 매우 힘들었다. 나는 '정부가 대체 나에게 해준 게 뭐야?' 라는 기분이 들었다. 링컨의 유명한 말들에 대한 생각은 다 버린 채 말이다. 나는 겨울 없는 나라인 말레시아에서 십이 년 동안 살았다. 그래서 불침번 때 불어오는 삼월의 차가운 바람은 나에게는 최고의 형벌이었다.

전우애는 정말 대단한 것이다. 이것은 나를 이틀 동안 30km의 포복과 행군, 그리고 각종 기합을 받는 듯한 훈련들을 겪어내게 했다. 그리고 이것은 나에게 의사의 치료는커녕 50 번의 팔굽혀펴기를 더할 수 있게 하였다.

"하사님, 반창고 하나 얻을 수 있겠습니까?"

"안 돼. 너희 전우들 모두 다 가지지 않았으니 너도 가지면 안 된다."

"그건 그들이 달라고 하지 않아서였지 않습니까? 나는 지금 부탁하는 겁니다."

"엎드려뻗쳐 50회 실시!"

북한이 우리의 유일한 적이라고 계속 들었음에도 불구하고 우리에겐 새로운 공공의 적이 생겼다. 그는 바로 훈련 조교였다. 22시에 점등을 한 후 우리는 서로 이야기를 나누었고, 어두운 밤하늘을 향해 주먹을 불끈 쥐었으며, 웃음과 힘을 서로 나누며, 다음날에 또 어떤 훈련이 있을지 두려워하였다. 이 다양한 배경과 성격을 가진 친구들은 나에게 여러가지를 극복할 수 있는 힘을 주었다. 어느 조교들이 줄 수 있는 힘 그 이상일 것이다.

내가 문화적 쇼크의 산재물이라는 데에는 과장이 아니다. 순수 한국인임에도 불구하고, 나는 말레시아의 샐러드 그릇 문화에 물들어 있었다. 최대의 혼란 중 하나는 교통 이동 방향 이었다. 한국엔 자동차들이 오른쪽으로 이동하지만, 말레시아에서는 왼쪽으로 이동한다. 몇 주 동안, 심지어 지금도, 다가오는 차량을 볼 때마다 불안함을 느낀다. 내 한국어 구사능력도 중간 정도고, 군사용어들은 나에게 큰 어려움이었다. 한번은 두 시간 내내 삽질을 한 적이 있었다. 하지만 난 내가 제대로 이해하지 못하여 삽질하는 게 아니라 모포를 말리러 가는 줄 알고 갔던 것이다. 하지만 나보다 심한 경우도 많았다. 어떤 동기는 그의 30년 인생에서 한국에서 2년밖에 살지 않았었다. 그는 모두가 위장을 하고 있을 때 체력 단련복으로 갈아입었고, 사격 때도 내 과녁을 맞히기도 하였다. 그를 비하하려는 것은 아니지만, 그의 부족한 한국어 이해 능력은 나의 실수들을 가려주었고, 내 실수들도 조용하게 넘어가 일반 훈련병처럼 행동할 수 있었다.

아직 말레시아에 있는 우리 어머니는 내가 떠나올 때 펑펑 우셨다. 그때 나는 어머니의 슬픔을 가라앉히 지 못해서 가슴이 아팠다. 내 인생을 뒤로 한 채, 모든 것이 통제된 나라에 간다는 것은 쉬운 것이 아니었다. 하지만 나는 그 감정을 뒤로 숨기고 어머니에게 난 괜찮다고 말씀드렸다. 당시 여자친구였던 메이는 공항에서 펑펑 울었다. 장례식장 분위기에서 나는 마지막 출발 방송을 들으면서 공항을 떠났다. '멀리 있으면 마음도 멀어진다.' 를 바라고 있었지만 현실은 '빈자리가 점점 더 커진다.' 로 되어버렸다.

비록 영어가 내 모국어는 아니지단, 대부분의 공부를 영어로 해왔기 때문에 문제는 없었다.

"너 달러 노트 있니?" 라고 당직근무를 하고 있을 때 존스가 물어봤다.

"뭐라고?"

"달러 노트 말이야. 자판기 좀 이동하고 싶어서 말이야."

"노트? 종이에다가 1$라고 써서 주면 되는 거야?"

그의 웃음보가 터졌다. '이 바보야' 라는 식의 웃음을 띤 채 나를 쳐다보았다. 그때의 부끄러움은 아직도 잊을 수 없다. 나는 영국 학교를 7년 동안 다녔고 노트라는 단어는 엿국 영어에서는 돈으로 인식되어 있다. 나는 그가 문화를 따라잡지 돗함을 탓했지만, 실제로는 둘 다 잘못이 있던 것이다. 하지만 난 지금 상황을 매우 즐기고 있다. 나는 다양한 문화를 좋아하고, 지금의 양쪽 문화를 경험할 수 있다는 데 매우 큰 만족을 느끼고 있다. 이런 것을 일거양득이라고 생각한다.

　　행운의 여신은 항상 내 곁에 있었다. (카투사에 들어온 것만 해도 큰 행운이다.) 군대에 들어오기 전에 나는 국제 광고회사에서 일했다. 일은 매우 힘들고, 일하는 시간 또한 길었다. 하지만 나는 그 일을 매우 좋아하였다. 현재 나는 미 8군 공보실의 기자다. 똑같은 분야에서 일함으로써 나는 내 글쓰기 기술들을 계속 이어나가고, 발전시킬 수 있었고, 내 미래 직업에도 큰 도움이 될 것이다. 공보실에서 일한다는 것은 여기저기 왔다갔다 해야 되는 일이다. 솔직히 누가 일하러 여기저기 다니는 것을 좋아하겠는가? 난 처음에는 너무 싫었다. 짐 싸고 돌아다니며, 바쁜 스케줄에 채이며, 사무실을 비워뒀을 동안 쌓인 일을 처리하는 것은 매우 힘들었다. 여기에 한 4달 동안 있으면서, 4군데의 다른 미군 캠프를 갔다 오고, 다양한 행사와, 문화 축제 등에 갈 수 있었다. 때때로 여행을 하면서 어느 나라 사람인지 물어봤을 때 대답을 제대로 못하여 부끄러움을 느꼈지만, 난 점점 더 한국인에 다가가고 있다. 지방의 삶도 경험해보고, 직접 전통과 문화를 경험해보는 것은 매우 멋진 일이었다. 이 역설적인 한국인이 한국문화를 배우는 것은 선물이며, 신의 이러한 호의에 감사하고 있다. 나는 짐 싸고 버스정류장으로 가는 것을 매우 즐겁게 생각하고 있다. 나의 교수 중 한 분이 나에게 말했다. 나는 자기가 만나봤던 사람들 중에서 손꼽을 정도로 운이 좋은 사람이라고 하였다. 내 생각에도 그녀가 맞는 말을 한 거 같다.

　　내가 여기에 온 지 여덟 달 하고도 반이 더 지났다. 그리고 지금은 처음 입대했을 때와는 매우 다르다고 느끼고 있다. 두 달 동안의 힘든 첫 훈련 중에 내가 생각할 수 있었던 것은, 내일은 어떤 일이 일어날까 정도였다. 잠시도 나에게는 휴식이 주어지지 않았고, 나는 어떤 끝이 보이지 않는 잘못된 시간 공간에 들어간 거 같았다. 나는 변화를 두려워하였고, 사랑도 잃었고, 일도 잃었고, 내 자유의지와는 상관없이 나라를 위해 이곳으로 왔다. 지금은 외로움과 나쁜 감정들은 다 없어졌고, 매일매일 미소와 긍정적인 힘을 갖고 살아가고 있다.

지하철에서 한강을 지날 때 나는 서울의 아름다운 경치를 보고 경외감을 느낀다. 사람들로 가득차고 네온사인이 번쩍이는 길가를 걸을 때면, 난 도시의 활기참에 빠져들게 된다. 가벼운 산들바람을 맞으면서 구름 없는 하늘을 올려다 볼 때는, 난 평화로운 미소를 짓는다.

이것은 비교할 수 없는 즐거움이다. 사랑일까?

Korea: My Second Home

Ch. (Maj) Stan Whitten
Director, US Army Religious Retreat Center

It was ten years ago this year when I first received the news that I would be moving to Korea, the Land of the Morning Calm. I was nervous, excited, and wondering what my first experience being stationed outside the United States would be like. Since that first assignment at Camp Casey, I have been assigned to Korea three times. My family, along with Seoul and its dazzling skyline, has changed significantly from 1998 to 2008. I would like to reflect on these changes and also on things that have remained the same.

When I arrived at Camp Casey in the summer of 1998, I did so alone, leaving my wife and two young children at home. I had no idea of the economic crisis facing Korea at the time and was too busy caring for soldiers to pay much attention to it. In spite of the very difficult times facing Koreans, my experience was one of hospitality, warmth, and friendliness from all of the citizens I met. One memory I will never forget was when the KATUSA assigned to work with me invited me to his parent's home in Seoul over the long Labor Day weekend. What would have been a very lonely weekend was turned into an unforgettable time of being made to feel like I was a member of their family. Their warmth, great food, and loving smiles have remained with me to this day.

A tragic event in the summer of 1998 was the horrific floods that hit the Dongducheon area. I vividly remember the sound of rain falling and falling for days on end; the rush of the water as the creeks overflowed; and the aftermath of battered businesses, homes, and the shattered dreams all around. But, true to their heritage, the Korean citizens rallied together and helped one another clean up, rebuild, and carry on with their lives. A vivid image that I have is of two Korean civilians working alongside our Infantry soldiers to clear crates of ammunition out of a swollen creek, putting themselves at risk in order to ensure the mission was accomplished. Up to that point, I had not heard the phrase "We Go Together", but I knew I had lived those words.

My second tour of Korea, from 2003-2005, allowed me to bring my family with me. For the first year we lived in Ichon-dong in a wonderful first-floor apartment. Living next door to Koreans and having the ability to simply walk out our door into the heartbeat of Seoul was amazing! My children, who had never left the United States, made friends in spite of the language difference and learned what it feels like to be an invited guest in someone else's city. We spent many weekend days walking the sidewalks around our apartment complex and were always greeted with kindness and warm smiles from those we stopped to talk to and get to know. Even the little puppy we bought found playmates in the local grooming shop we would take him to. His wagging tail and playfulness assured us that he was well taken care of by the Korean groomer who treated him as a family pet of his own.

During my first TDY trip back to the United States in 2004, our apartment was broken into. Fortunately, none of my family members were home at the time. In the midst of the shock and confusion that met my wife when she entered our apartment, our good friends from the twenty-fifth floor came to her rescue. As I talked to her on the phone from South Carolina, my wife relayed to me that she was doing fine due to the efforts of our Korean neighbors who helped her make phone calls, translate her concerns to the police, and even invited her and my children to spend the night in their apartment. My son, who was then in middle-school, bragged to me about the wonderful Korean chicken Ms. Kim cooked for him for "comfort food." We were all comforted by the selflessness and generosity of our neighbors.

Upon leaving Korea in the summer of 2005, I assumed that I was leaving Korea for the last time. I considered myself fortunate to have been in Seoul for two years and so I prepared myself for a deployment to Iraq While I was deployed for fifteen months with the 1st Cavalry Division, I received "care packages" from many people I expected, usually family members. What I did not expect were the packages that arrived in Baghdad from people I had met in Seoul! I would receive emails asking me what I wanted and a few weeks later I would receive a package with Korean candies, cookies, and noodles! Not only did I receive support from them while stationed in Korea, but I also felt their love and devotion in the middle of a life-threatening combat zone. And although I didn't work closely with Korean soldiers while in Iraq, it always gave me a sense of deep pride to see the Korean flag.

In December of 2007, I received my assignment orders for the coming summer. I will never forget the look on the face of the Lieutenant Colonel, who had also been in Korea, when he said, "Stan, you're never going to believe where they're sending you!" And, he was right! After I guessed wrong, he simply said, "You're going back to Yongsan!" My immediate response was, "Fantastic! It will be like going home!" I knew Seoul would have changed but I also knew what would always be the same: the hospitality, camaraderie, and the genuine friendship of the Korean people. My family was excited but they had also changed since my first trip to Camp Casey: my daughter was now a college student and my son was now in high-school. My daughter, who had enjoyed two years of living on Yongsan, envied us. The detailed planning and arrangements that have to happen soon fell into place and in July of 2008 I returned to

Seoul for the third time.

As a chaplain, I am always looking for the hand of God in everything that happens around me. In each of my three assignments to Korea, I have found God's hand evident through a combination of a challenging job mixed with the incredible support, friendship, and hard work of the Koreans I've had the privilege to meet. In each of my three assignments to Korea, I have found myself and my family blessed beyond anything I could have imagined. I consider it an honor that I am not worthy of to have been chosen to spend a large portion of my military career in the Land of the Morning Calm. In fact, upon arriving at Incheon in July, the first question I asked the person who picked me up from the airport was, "Who do I talk to about extending for a third year?" Because after all, it's not often you find two places you can call home.

대한민국, 나의 두 번째 고향

스탠 휘튼 소령(군목)
미군 종교휴양소장

내가 고요의 나라 한국으로 간다는 것은 지금으로부터 10년 전에 받았던 소식이었다. 미국을 벗어난 외국에서의 나의 첫 번째 생활이 어떨지 떨리고 들뜨고 궁금했었다. 나는 한국에 3번 파견되었었다. 나의 첫 번째 한국으로의 파견은 캠프 케이시였다. 1998년부터 2008년 10년 동안 나의 가족은 한국의 마천루만큼이나 크게 변화했다. 그 10년 동안의 변화한 것과 10년 동안 변하지 않고 그대로 있는 것에 대해 말하고자 한다.

1998년 여름 내가 처음으로 캠프 케이시로 파견됐을 때 나는 와이프와 두 어린 자녀를 집에 두고 떠나온 혼자였다. 나는 그때 군인으로서의 신분에 너무 집중한 나머지 한국의 금융위기에 대해선 잘 몰랐다. 한국이 큰 위기였음에도 내가 만난 한국사람들은 친절하고 따뜻했다. 어느 긴 휴일 날 한 카투사가 서울에 있는 자신의 집으로 초대했던 기억은 나에게 잊을 수 없는 추억이다. 항상 혼자서 외로운 주말을 보내는 나에게 왔던 그 기회는 내가 그의 가족이 된 것같이 기분 좋은 추억이었다. 그들의 따뜻한 태도, 맛 좋은 음식, 사랑스런 미소는 아직도 내 곁에 남아있다.

1998년 여름에는 비극도 있었다. 그것은 동두천지역에 있었던 엄청난 홍수였다. 나는 계속되는 폭우의 소리를 아직도 생생하게 기억하고 있다. 물이 넘치고 흘러 사람들의 집과 일, 모든 꿈들을 파괴시킨 홍수였다. 하지만 그들은 일치단결하여 청소하고 건물들을 다시 지었다. 나는 두 한국인이 우리 보병과 함께 일하던 장면을 아직도 생생히 기억하고 있다. 우리는 불어난 강물에 휩쓸린 무기고 상자를 옮기고 있었는데, 그들은 기꺼이 그 위험천만한 일을 도와주었다. 그때 그들이 한 "같이 갑시다"라는 말은 지금까지도 가슴에 품고 있는 말이다.

나의 두 번째 한국 파견은 2003년부터 2005년까지였다. 그때는 첫 파견과 다르게 가족들과 함께 파견되었다. 우리의 첫 년도 보금자리는 이촌동에 있는 한 아파트의 1층이었다. 한국인의 이웃으로서, 문 밖으로 나가서 한국을 체험할 수 있는 것은 정말 즐거운 일이었다. 미국을 한 번도 떠나본 적 없는 내 아이들에게 언어의 장벽을 넘어선 친구를 만들고 새로운 타국 도시에서의 초대를 받는 경험을 할 수 있었다. 우리는 주말마다 보도를 따라서 아파트 주위를 걷곤 했는데 그때마다 주위 이웃들은 우리를 따뜻하고 반갑게 맞아주었다. 우리 가족의 작은 애완견도 그가 털 관리 받는 가게에서 친구들을 사귀었다. 우리들은 살랑살랑 흔드는 그의 꼬리와 신나하는 모습을 보고 애견관리사가 자신들의 가족처럼 대해주는 것을 알 수 있었다.

2004년 미국으로의 단기 파견 기간에 우리 집에 도둑이 들었었다. 가족들이 그 시간에 집에 없던 게 천만다행이었다. 집에 돌아와 충격과 혼란의 상태였던 내 와이프에게 25층에 살던 우리의 한국인 친구들은 와이프를 도와주었다. 사우스 캐롤라이너에서 아내로부터 전해들은 사실은 그들이 경찰에 대신 신고해 주고 나의 아내와 아이들을 초대해서 안전하게 지켜주었다는 것이었다. 중학생이었던 나의 아들은 25층에 살던 김씨 아주머니의 삼계탕에 대해서 자랑을 했다. 그들의 관심과 희생으로 우리는 편하게 지낼 수 있었다.

2005년 여름에 한국을 떠날 때, 한국과의 마지막 이별이라고 생각했다. 나는 운 좋게 2년 동안 한국에서 머물렀기 때문에 스스로 이라크로 파견될 준비를 하고 있었다. 내가 1 기갑 사단에서 15개월째 파견 나가 있었을 때 나는 생필품 꾸러미를 가족들에게 받곤 했다. 하지만 내가 한국에서 만났던 사람들에게서 생필품 꾸러미가 왔을 땐 정말 놀랐다. 그들이 나에게 무엇이 필요한지 이메일을 보낸 지 몇주 후에 정말로 그들은 소포를 보내주었다. 그것은 한국 과자들과 라면들이었다. 나는 한국에서 그들에게 감사함과 보살핌을 받은 것뿐만 아니라 목숨이 위험한 전쟁터 한복판에서도 그들의 도움을 받았다. 이라크에 있는 동안 직접적으로 한국군과 일하는 일은 없었지만, 그들의 태극기를 볼 때마다 나는 자랑스러움을 느낄 수 있었다.

2007년 12월 나는 2008년 여름 파견 명령을 받았다. 나에게 소식을 전달하는 그 중령의 얼굴을 아직도 잊을 수 없었다. 그는 "자네가 어디로 파견될지 절대로 믿지 못할 거네."라고 말했다. 나는 한국으로 다시 갈 거라고는 생각하지 못했다. 그가 한국으로 다시 파견된다는 말을 들었을 때 나는 "환상적입니다. 집으로 돌아가는 기분입니다."

라고 말했다. 나는 한국이 많이 변했을 거라고 생각했다. 하지만 영원히 변하지 않는 것도 있다고 생각했다. 그것은 한국인들의 친절과 동지애, 진정한 우정이었다. 한국이 변한만큼 나의 가족들도 변해 있었다. 딸은 이제 벌써 대학생이고, 아들은 벌써 고등학생이다. 한국에서 2년 동안의 즐거운 시간을 보냈던 딸은 우리를 부러워했다. 자세한 일정과 계획이 정해지고 나서 나는 2008년 7월 세 번째로 한국 땅을 밟았다.

나는 군종장교로서, 내 주위에 일어나는 모든 일은 하나님이 결정하시는 일이라고 생각한다. 세 번의 한국으로의 파견은 하나님이 내게 준 고난과 어려운 임무인 동시에 놀라운 한국인과의 우정과 사랑을 받게 해준 선물임이 분명했다. 세 번의 한국으로의 파견은 하나님의 놀라운 축복이었다. 능력 없는 나개 오랫동안 고요의 나라 한국에 있을 기회는 정말 영광스러웠다. 한국에 도착해서 나를 마중나온 군인에게 내가 첫 번째 한 말은 "한국에서의 연장근무를 신청하려면 누구와 얘기해야 하지?"였다. 그 이유는 우리가 두 번째 고향이라고 부를 수 있는 장소는 흔하지 않기 때문이다.

What to Expect When You're Expecting in Korea

Jeehon Malloy
Wife to 1LT James F. Malloy II, 2ID

When I first married my husband, he had been a soldier for three months. We have now been married almost three years. In that time, we have lived together for one year and moved three times. Ever since he joined the army, we wanted to be stationed in Korea. For us, Korea was not a foreign land because I was born here, my husband had spent seven years of his childhood here, and we had first met each other in Korea. When we found out we were coming back to Korea, we were excited about ordering in Korean food, meeting up with old friends, and finally living together again. Korea marked the beginning of another phase in our lives as a military family also because we found out that I was pregnant with our first child.

Korea is often referred to as the land of the morning calm,

but anyone who has been to Korea, or more specifically, Seoul, will tell you that there is nothing calm about this place. It's more like the land of the jam-packed trains, never-ending traffic, and constant crowds. As crazy as Seoul can be, it is the center of the universe in Korea. Unlike the U.S. where there are numerous cities of importance, Seoul is the financial, political, educational, cultural, entertainment, and social epicenter of the country. Being a born and bred city girl, I was devastated when my husband got stationed at Camp Hovey, which is about 2 hours north of all the action. However, because of my pregnancy we decided it would be best for me to stay in Seoul which was close to the 121 Hospital on Yongsan base where I was to have our baby. Flying into Incheon International Airport, I felt like I was coming home. I had lived in Seoul from 2001-2004 and being back felt familiar and comfortable, but what began as excitement and anticipation to return to Korea would soon be replaced with mixed feelings.

Coming to Seoul from Phoenix, Arizona was a culture shock even though I knew what to expect for the most part. Transportation was a big issue for me. I had gotten used to driving in Phoenix and getting around easily and comfortably by car. People who lived their whole lives in Phoenix had no idea what the city bus cost, but in Seoul, one of the first things I did was get myself a bus card. Taking public transportation in Seoul can be a toilsome and arduous process. Transferring, walking to and from the station, taking the bus, it's a lot of work, especially when you're pregnant. Everyone is in a rush, it seems, and people are always pushing and shoving and not saying sorry. When you finally emerge from the subway, everyone lights up their cigarettes and if you try and walk in front of the person in front of you to get out from their trail of smoke, you inevitably find yourself behind another smoker. Despite all my complaints about public transportation, it provided me with much needed daily exercise during my pregnancy.

Two of the biggest differences for me being in Korea this time was that I was now married and with child. It allowed me to learn some new things about Koreans and their customs especially with regards to being pregnant. When it came to prenatal care, one thing I was told repeatedly was that I must have happy and positive thoughts so the baby would be happy and not stressed out. Makes sense, but in practice this meant I was not to watch horror movies or listen to tragic stories on the news. Also, I was supposed to eat 'good looking' food, so the baby would be good looking. My aunt made sure all the fruit I ate was not bruised, perfectly peeled, and sliced up beautifully. I was also never given the ugly end pieces of a roll of kimbap. While prenatal care was pretty sweet, Korean practices for women after the baby is born was another story.

Many Korean women often go into a special care center after giving birth where they are not exposed to any cold air, eat seaweed soup, and rest all the live long day. The babies are brought to them at feeding time, but it's a relatively stress-free environment that allows the women to recuperate from giving birth. I gave birth during the sweltering month of June and so naturally when I got home after two days in the hospital, I changed into a tank top and went into the living room where the air conditioning was turned on. I was severely scolded for being cavalier about my recovery from one aunt, then my three other aunts called me in turn to lecture me about the perils of being exposed to air conditioning and not eating seaweed soup after having a baby. I soon learned to put on an extra layer when family came to visit and enjoy the air conditioning in secret when I was alone at home.

While my family thought I was reckless for exposing myself to cold air, having the baby in an air conditioned room or even a room with an open window was almost enough to have me committed. My baby books told me that after a few days babies acclimate to the outside temperature and can be dressed similarly to how we would dress ourselves, but my aunts wanted me to cover the baby from head to foot and wrap him with a blanket while keeping him in a stifling un-air conditioned room. Our baby was dressed warmly, but often in an air conditioned room which gave my aunts ammunition for diagnosing anything and everything that was wrong with him. When the baby fell asleep with his hands clenched, it was because he was cold. When the baby drooled, it was because he was cold. When the baby had diarrhea, it was because he was cold. When the baby hiccupped⋯well, you get the idea.

In Korea, babies don't usually leave the house before their 100th day, but being home with the baby all week meant that when my husband came home on the weekends, we needed to run errands outside with the baby in tow. My husband and I somehow managed to have the world's most perfectly beautiful baby on our first try and as such he attracted many strangers' attention. Inevitably, they would ask how old the baby was and when they found out he was only a month or two old, I would get the death stares or what my husband refers to as the what-are-you-smoking stares. I soon learned to smile, lie about his age, and nod in agreement when people commented that he was small for his age.

At first, the Korean practices for women during and after pregnancy seemed excessive, but in a country where women are often under appreciated, I understand their desire to be pampered before and after they have a baby. While South Korea is a modern county, traces of traditional Confucianism can be found everywhere especially in the area of women's rights. Women's salaries still trail men's and it is harder for women to be promoted than men. In Korea, men usually get custody of the children when there is a divorce because when women get married they can't change their name which means the children have the same last name as their father. While North American women often view the custom of changing of their last name upon marriage as a sign of loss of independence, in Korea some women view the inability to change their name as a symbol of their perpetual status as an outsider.

Since having the baby, my husband and I have received mountains of both solicited and unsolicited advice. Being first

time parents, we have had to sift through it all and figure out
for ourselves what is practical, cultural, and just pure super-
stitious. While we regard some of the practices as strange and
even absurd, we have also enjoyed some of the rich Korean
cultural customs and traditions. We were able to have a 100
day celebration, which historically commemorated a baby's
successful maturity in times when infant mortality was high. It
is now more of an excuse to have friends and family come and
see the baby. We were also told that shaving the baby's head
after his 100 days would help him to grow thicker and stronger
hair and so we now have a baby monk on our hands.

Our son is now four months old and we are preparing to
return back to the states in December. While our time in Korea
was not how I expected it to be, being an army wife has taught
me, if nothing else, to be flexible and open to change. When I
was in the U.S., I missed Korea's cheap taxis, amazing food,
and wonderful shopping, but being in Korea I find myself
missing the fresh air, shopping at Target, and driving in the
states. Although my aunts' constant naggings about how to
take care of the baby were exasperating at times, I think all
new mothers experience the same thing regardless of where
they are in the world. For all the ups and downs we have
experienced in Korea this past year, I will be sad to leave this
place. Once we return to the states, I will find myself missing
the land of the morning calm again, even with its jam-packed
trains, never-ending traffic, and constant crowds.

한국에 올 때 기대해야 되는 것들

지혼 말로이
제2보병사단 제임스 말로이 II 세 중위 부인

내가 내 남편과 처음 결혼했을 때 그는 군인이 된 지 3개월째였다. 지금 우리는 결혼한 지 거의 3년이 다되어 간다. 결혼 1년 동안 우리는 세 번을 여기저기 옮겨 다녔었다. 그가 입대한 이후로 그는 한국에 주둔하고 싶어 했었다. 내가 태어난 나라이기도 하며, 내 남편이 7년 동안 유년기를 지내고, 우리가 처음 만났던 나라인 한국은 우리에게 친근하게 느껴졌다. 우리가 다시 한국으로 돌아온다는 사실을 알고 난 이후, 우리는 한국음식을 먹고, 옛 친구들을 만나고, 다시 같이 살게 될 생각으로 기대에 차 있었다. 내가 임신한 걸 알게 됨으로써 한국은 우리에게 군인 가족으로서의 생활의 또 다른 과정의 시작이기도 했다.

한국은 종종 고요한 아침의 나라로 알려지고 있다. 하지만 한국, 특히 서울을 와 본 모든 사람들은 이곳이 그렇게 고요한 나라라고 생각하지 않을 것이다. 한국은 쉼 없이 빽빽이 찬 열차와도 같다고 할 수 있다. 서울은 한국의 중심지인 만큼 매우 바쁜 곳이다. 중요한 도시가 많은 미국과 다르게 서울은 한국의 금융, 정치, 교육, 문화, 유흥, 그리고 사회의 중심지로서의 역할을 하고 있다. 도시에서 태어나고 자라난 여자로서, 내 남편이 도시에서 두 시간 가량 떨어진 캠프 호비에 배치 받은 사실은 나에게 큰 충격을 주었다. 하지만 내가 아기를 가졌기 때문에 나는 내가 아이를 낳을 용산에 있는 121 병원이 가까운 서울에서 지내기로 하였다. 인천국제공항에 착륙하면서 나는 집으로 돌아가는 느낌을 받았다. 나는 2001년부터 2004년까지 서울에서 살았으며, 다시 돌아오니 편안하고 안락한 기분이 들었다. 하지만 한국에 돌아오는 기대감과 흥분감은 곧 뒤엉킨 기분으로 바뀌었다.

애리조나의 피닉스에서 서울로 오면서, 나는 많은 것을 알고 있음에도 문화적 쇼크를 받았다. 이동수단은 나에게는 큰 문제였다. 나는 피닉스에서 차를 타고 편안하게 왔다갔다 하는 것에 익숙해져 있었다. 피닉스에서 많은 시간을 보낸 사람이 시내버스 요금이 얼마인지 알 턱이 없다. 하지만 서울에서 내가 제일 처음 한 일은 버스카드를 만드는 것이었다. 서울에서 대중교통을 이용하는 것은 매우 힘들고, 인내를 필요로 하는 일이다. 환승하고, 걸어다니고, 버스를 타는 일은 매우 힘든 일이다. 특히 임산부들에게는 더한 일이다. 모두가 급해 보이고 밀치고는 사과조차 하지 않는다. 마침내 지하철을 나오게 되면 모두들 담배에 불을 붙인다. 그리고 담배 연기를 피하기 위해 앞으로 제치면 또 그 앞에 흡연자가 서 있는 경우가 다반사다. 내 모든 대중교통에 대한 불만에도 불구하고 나는 임신한 동안 하루에 필요한 운동량을 소화했다.

　내가 이번에 한국에 오면서 전과 다른 두 가지 큰 차이점은 내가 결혼했다는 사실과, 임신했다는 사실이다. 이 사실들은 나에게 한국에 대한 새로운 사실과 관습들을 알게 해주었다. 특히 임산부들을 대하는 방법이다. 산전 관리를 받으면서 내가 계속 반복해서 들은 이야기는 행복하고 긍정적인 생각을 계속 해야지 아이도 스트레스를 받지 않고 잘 자랄 수 있다는 것이다. 일리가 있는 말이지만 이 말은, 즉 나는 무서운 영화를 봐서도 안 되고, 뉴스에서 충격적인 보도를 봐서도 안 된다는 뜻이다. 그리고 예쁜 아이를 낳으려면 예쁜 음식을 먹어야 된다고 하였다. 내 고모는 내가 먹는 과일들은 멍든 데는 없는지 일일이 확인하고 예쁘게 잘 자르고 껍질까지 예쁘게 깎아서 주었다. 그리고 나는 못생기거나 옆구리 터진 김밥조차 못 먹게 하였다. 산전관리가 예쁘고 달콤했었다고 하면 아이를 낳은 후는 또 다르게 된다.

　많은 한국 여자들은 아이를 낳은 후 찬바람에 노출되지 않도록 하고, 미역국을 먹으며, 하루종일 쉴 수 있는 산후조리원에 가서 관리를 받는다. 아이들은 밥 먹는 시간대에만 엄마를 만날 수 있다. 하지만 이것은 나에게 회복할 수 있게끔 스트레스 없는 환경을 만들어주었다. 내가 아이를 낳은 시기는 매우 더운 6월이었기 때문에 병원에서 이틀 지낸 후 집으로 돌아왔을 때, 나는 탱크탑으로 갈아입고 거실로 나가 에어컨을 틀었다. 그래서 고모로부터 내 자신의 몸 회복에 대한 무관심에 대해서 크게 꾸중을 들었다. 그 후 고모 셋으로부터 돌아가면서 에어컨을 쐬는 것과 산 후 미역국을 안 먹으면 얼마나 안 좋은지에 대한 여러 강의를 들었다. 나는 그 후에 가족들이 방문할 때 옷을 더 껴입고 집에 혼자 있을 때 몰래 에어컨을 쐬곤 하였다.

　내 가족들이 내가 차가운 바람을 쐬거나, 아이를 에어컨을 켠 방에

두거나, 창문을 활짝 열어놓거나 하는 등 생각 없이 행동하는 것에 대해 나무랄 때 나는 그 사실이 틀린 것이라고 생각했다. 아이에 관한 책들을 읽으면서 아이는 며칠 동안 바깥 공기 온도를 익히고 나서야 옷을 입힌다는 것을 알았다. 하지만 내 고모들은 에어컨을 켜지 않은 방에서조차 아이를 머리부터 발끝까지 꽁꽁 싸매려고 하였다. 아이는 옷을 따뜻하게 입고 있었지만 에어컨을 켠 방에서는 고모가 아이에게 잘못된 것이 있나 확인하고는 했었다. 만약 아이가 손을 꽉 쥐고 자고 있었다면 그는 추워서 그러고 있는 것이며, 침을 흘리며 자고 있으면 아이는 추운 것이다. 심지어 딸꾹질할 대조차 추워서 그러는 것이라고 하였다.

한국에서는 아이가 태어난 지 10C일이 지나지 않으면 거의 외출을 하지 않는다. 하지만 아이와 일주일 내내 집에 있는다는 말은, 내 남편이 주말에 집에 왔을 때, 우리는 아이를 꽁꽁 싸맨 후 볼일을 봐야 된다는 뜻이다. 나와 내 남편은 첫 시도에 아주 완벽하게 예쁜 아이를 갖는 데 성공하여 지나가는 사람들에게 관심을 받았다. 지나가던 사람들은 아이가 몇 살인지 묻고 2~3달밖에 안 됐다는 것을 알았을 때 눈이 휘둥그레지는 것이었다. 그 사실을 안 뒤부터는 나는 아이의 나이를 속이고 나이에 비해서 작다고 변명을 하게 되었다.

처음에는 한국인이 임신한 여자를 대하는 게 좀 과하다 싶었지만, 여자가 덜 인정받는 나라에서는 임신할 때만큼은 대우받고 싶어 하는 점은 이해할 수 있을 것 같다. 남한은 현대 도시이기도 하지만 유교사상의 흔적들이 여기저기 보이기도 한다. 특히 여자에 관해서는 더 심한 것 같다. 여자의 봉급은 남자보다 적고 남자보다 진급하기 힘든 것 또한 사실이다. 한국에서는 만약 남녀가 이혼을 하게 되면 남자가 양

육권을 갖게 되는데, 그 이유는 아이의 성은 아빠만 따르고 엄마는 성을 바꾸지 않기 때문이다. 북미 여자들은 결혼하면 자신의 성을 바꾸는 것에 대해 독립성을 잃는 상징이라고 생각하지만, 일부 한국 여성은 외부인으로 종속되는 상징으로 생각한다.

아이를 가짐으로 인해 나와 내 남편은 우리가 궁금했었던 조언도 받고 궁금하지도 않았었던 조언 또한 많이 받았다. 처음으로 부모가 됨으로 인해 우리는 어떤 것이든 면밀히 조사했고, 어떤 것이 실질적이고, 문화적이고, 그냥 미신인지 가려내야 했다. 우리가 일부의 관행이 이상하거나 심지어 터무니없다고 생각되기도 했지만 우리는 한국의 지혜로운 전통을 알아내게 되었다. 우리는 성공적으로 자라나서 유아기가 거의 끝나간다는 기념을 하는 100일 잔치도 할 수 있었다. 이것은 친구들과 가족들에게 아이를 자랑할 수 있는 계기도 되었다. 그리고 우리는 100일 되는 날 아이의 머리를 밀어버리면 머리카락이 더 굵고 강하게 자라날 수 있다고 해서 밀었더니 아이는 어린 동자승이 된 것만 같았다.

우리 아들은 현재 4개월째가 되었고, 12월이 되면 다시 미국으로 돌아갈 준비를 하고 있다. 내가 한국에 있던 시간은 내가 예상했던 것과 다를 때, 군인의 아내로 살면서 변화에 열려있고, 유연하게 행동해야 된다는 것을 배웠다. 내가 미국에 있을 때 한국의 싼 택시와, 맛있는 음식과, 신나는 쇼핑 등이 그리웠지만, 한국에 있으면서는 신선한 공기와, 타겟에서 쇼핑하는 것과, 운전하는 것들이 그리웠다. 비록 고모의 아이를 키우는 방법에 대한 잔소리는 끊임없이 이어졌지만, 내 생각엔 모든 새로 엄마가 되는 경험은 나라의 차이를 떠나서 다 똑같은 거 같다. 내가 겪었던 모든 좋았고 나빴던 기억들 때문에 난 이 나라를 떠나는 데에 매우 슬픔을 느낄 것이다. 내가 다시 미국으로 돌아간다면, 고요한 아침의 나라를 다시 그리워할 것이다. 심지어 빽빽한 열차나 끝없는 교통체증과 그 많은 인파들마저 그리워질 것이다.

Kindness Without Words

Betty Warren
Student, University of Maryland
Daugther of Mr. John Warren, 293rd Signal company

We have lived in S. Korea now for more than 4 years. When we first moved here, we rented a new, Western style apartment with all the "bells and whistles". It was a good year, but we never really got to know the neighbors. We were always friendly in passing, but that was about the extent of things. I often felt lonely, and most times frustrated with the lack of communication. In hindsight, that was my own fault, as I know I should have tried harder to learn to speak Korean. I took the class, just couldn't get the words out properly.

Since I had never lived in an apartment before, I yearned for privacy. I was becoming angry and hostile at the constant noise, and what seemed like a lack of neighborly courtesy. We started looking around for an affordable house, and found the perfect place near the river, in downtown Waegwan. It's an old house, surrounded by a wall. At the time our only concern was the lack of Americans in the area. To my knowledge, there are no other foreigners at all living in this area. I think I would have seen someone by now. Over the last three years I have walked this part of town, and all of the back alleyways more times than I can count.

What I have observed living here, is that it is mostly lower, or lower middle class families, with the grandma and grandpa living with the families and kids. The men all leave for work very early, and get home late. The moms and grandmas are usually home all day cooking, and taking care of the kids. Closer to the river, at the end of the road, are primarily very old, very poor people. They garden on small lots of open land between the embankment and the river. Life is good here, and even though I still have not learned to speak Korean, we communicate in our own way.

I realized we had been accepted here in an odd way. I was coming home one day shortly after moving in, and had a problem. The roads in this old area are incredibly narrow, and someone had parked and blocked the street. I drive a big SUV, so there was no alternate route I could take. I was stuck halfway down my narrow road, in sight of my house, with nowhere to turn around. I started to back up slowly, when a man from the chicken restaurant on the corner came up and directed me to "STOP". Lots of hand waving and yelling "STOP". I thought I did something wrong, and was about to become defensive, when he walked past my car, walked up to the offending Bongo truck, and called the phone number on the windshield. He stayed there and waited for the owner of the truck to arrive. I have no idea what he said, but he was yelling, and motioning for the guy to get out of my way. He turned around, smiling at me, and waved for me to come on through. Since that time, I cannot count the times he has helped me navigate down this road. Every day he and his wife smile and wave as I pass by.

With my other neighbors it's pretty much the same. We are the "Miguk's" of the neighborhood, and people look out for us. Especially the older people. In turn, I reciprocate these acts of kindness in any way that I can.

As I said before, this is not an up-scale neighborhood by any means. Many of the houses at the end of my street are so old, that I'm surprised they are even still standing. There is cardboard on the exterior walls, tarps on roofs, and are generally in a state of disrepair. A lot of the people have carts they go up and down the street collecting cardboard, selling fruit or veggies, or sometimes just stuff. Anything they can do to get by in life.

One lady in particular has touched my heart. She must be at least 80 years old, and almost daily passes by with huge stacks of cardboard on her cart. I don't know what she does with all that cardboard, but she's obviously hauling it home for a reason. I frequently flatten all my boxes, bundle them nicely, and put them out by my gate for her. I have noticed recently that she's not well. She's always seemed so healthy, plump, and a full head of curly hair. In the last few months she has lost a lot of weight, she's incredibly pale, and has almost gone bald. In spite of this, she's still very cheerful and always happy to see me. I'm guessing she has cancer. I'm going to go buy some of the good oranges from the market, and anonymously hang the bag on her door. I'll do the same as soon as the winter hothouse strawberries start arriving.

Another lady goes around just gathering up anything she can find. For her, and others, I package up clothing, kitchen odds and ends, or any good, used object I don't need and haul it down the street near where she lives. Last winter I saw her going by wearing one of my wool peacoats. It was a little big on her, but it's a very warm coat, and knowing that she was warm made me feel good. Like all of the others, I don't know her name, but when she see's me she smiles and comes up to me and takes my hand.

I could tell you dozens of these stories. About the man with Down's syndrome who always wants to talk to me, or about the lady in the corner store who now has a Korean/English dictionary and helps me find what I need. Or about the lady at the fruit stand, that always gives me something extra, and makes sure that the other vendors don't overcharge me. Many of the little kids on my street greet me with English "hello!" and a huge smile. I frequently come home to find someone has swept my front walkway.

I am now glad that we are the only Americans living in this neighborhood. There are no outside influences to spoil the experience for me. For even though we don't speak much to one another, I feel that I am getting the full, untarnished experience of living in Korea, in a true Korean neighborhood. I have learned so much about the people around me. Most importantly I have learned that for people who have so little, they are willing to give so much. Even if it is just a smile and a wave, the acts of kindness in my neighborhood are endless, and have made us feel welcome here.

말 없는 친절함

베티 워렌
메릴랜드 대 학생
293 통신중대 존 워렌의 딸

우리 가족이 한국에서 지낸 지 4년이 지났다. 처음 이곳으로 이사 왔을 때 우리는 온갖 첨단 시설을 갖춘 서양식 아파트에 살게 되었다. 이곳에서 살기는 편했지만 이웃들과 가까워질 기회는 전혀 없었다. 지나치거나 마주칠 때면 항상 반갑고 친절하지만 그것이 전부였다. 나는 종종 외로움을 느꼈고 소통의 부재 때문에 절망하기도 했다. 뒤늦게 알게 된 일이지만 이것은 한국어를 열심히 배우려고 노력하지 않은 내 잘못이었다. 수업을 듣기는 하였지만 정확하게 말을 할 수 없었기 때문이었다.

아파트에 살아 본 적이 없었기 때문에 나는 이곳 생활에 쉽게 익숙해지지 못했다. 계속되는 소음이나 이웃 간의 매너 없는 행동에 쉽게 짜증을 냈다. 우리는 새 집을 알아보다가 왜관 시내의 강가에 있는 좋은 집을 찾을 수 있었다. 이 집은 담으로 둘러싸인 오래된 집이었는데, 주변에 미국인들이 거의 없다는 점이 마음에 걸렸다. 내가 알기로는 이 주변에 외국인이라고는 우리 가족뿐이었다. 지난 삼 년 동안 주변을 돌아다닌 후에야 외국인 몇 명을 본 것 같기는 하다.

내가 이곳에서 살면서 느낀 것은 이 주변에 사는 사람들은 조부모님과 함께 지내는 서민 가정들이 대부분이라는 것이다. 가장은 아침 일찍 출근해서 저녁 늦게 퇴근한다. 어머니와 할머니는 보통 집에서 요리와 육아를 담당한다. 강 가까이 길의 끝 쪽으로 가면 보통 노인들과 가난한 사람들이 살고 있다. 그들은 강둑과 강 사이의 조그만 땅에 채소들을 키운다. 여기서의 삶은 즐겁고, 아직 한국어를 유창하게 말할 수 있을 정도로 많이 배우지는 못했지만 나름의 방법으로 소통하고 있다.

이사 후 며칠 안 되어 내가 집으로 들어왔을 때 문제가 하나 발생하였다. 이 오래된 동네의 길들은 정말 좁은데 누군가가 주차하면서 길을 막아버린 것이었다. 나는 커다란 SUV를 운전하기 때문에 돌아갈 수 있는 방법이 없었다. 우리 집이 보이는 좁은 길에서 방향을 틀 곳조차 없게 갇혀 버린 것이다. 천천히 후진하고 있는데 치킨 가게에서 나온 남자가 내게 멈추라고 외쳤다. 그뿐만 아니라 여러 사람들이 나에게 멈추라고 손짓하고 있었다. ‘내가 뭘 잘못했나?’ 하는 느낌에 나는 방어적이 될 뻔했다. 남자는 내 차를 지나 길을 막은 트럭으로 다가가더니 앞 유리에 적힌 번호로 전화를 걸었다. 그리고는 트럭 주인이 나타나기를 기다렸다. 나는 그가 뭐라고 하는지 알아듣지는 못하였지만 빨리 차를 빼 달라고 소리치고 있는 것처럼 보였다. 그리고는 돌아서서 나를 보고 웃으면서 길을 지나가도록 해 주었다. 그 이

후로도 그 남자는 내가 이 길을 빠져나갈 때 여러 번 도움을 주었다. 지나갈 때마다 아내와 함께 나에게 미소를 보냈다.

　다른 이웃들도 마찬가지였다. 우리는 '미국사람들'로 불렸고, 사람들은 항상 양보하고 배려해 주었다. 특히 노인분들이 많이 신경을 써 주었다. 그 보답으로 나도 나름대로의 방법으로 감사를 표시하기로 하였다.

　앞에서 이야기했듯이 우리 동네는 잘 사는 동네는 아니다. 거리 끝쪽에 있는 집들은 대부분 낡았고, 아직까지 무너지지 않은 것이 신기할 정도이다. 우리 집 외벽은 판자로 되어 있고, 지붕에는 방수가 잘 되지 않는다. 박스를 모으는 사람들, 과일과 야채나 잡동사니 장수들이 리어카를 끌고 길을 오가기도 한다. 삶의 방식은 다르지만 각자 나름대로 열심히 살아가고 있다.

　아주 큰 감동을 준 이웃이 한 분 있었다. 족히 여든은 되어 보이는 할머니였는데 리어카에 종이를 가득 싣고 우리 집 앞을 매일같이 지나가곤 했다. 그걸 가지고 대체 뭘 하는지는 몰랐지만 항상 집으로 종이들을 가져가고 있는 것이었다. 나는 그분을 위해 필요 없는 박스들을 잘 접어서 묶은 다음 집 앞에 내놓았다. 박스들을 가지고 어디에 쓰는지는 몰랐지만 항상 박스들을 집으로 끌고 가곤 하였다. 나는 항상 박스들을 납작하게 만들어서, 잘 묶은 다음 가져갈 수 있도록 집 앞에 놓아두었다. 요즘은 할머니께서 건강이 좋지 않아 보이지만 예전에는 항상 건강하고, 통통하시고, 곱슬머리에 숱도 많았다. 지난 몇 달 동안 살이 많이 빠지고 창백해지면서 머리도 빠진 걸 보았다. 그럼에도 항상 나를 보면 밝게 맞아주었는데 아마 암에 걸린 것 같다. 나는 시장에서 좋은 오렌지들을 조금 사다가 그분 문 앞에 걸어 놓을 예정이다. 겨울에 온실에서 딸기가 나기 시작하면 또 같은 일을 할 거다.

다른 할머니 한 분은 그냥 돌아다니면서 보이는 것을 모두 모은다. 나는 옷이나 주방 잡동사니들, 필요 없는 물건들을 가지고 내려가 그분이 사는 집 근처에 놓고 온다. 지난 겨울에는 내가 내놓은 털 코트 하나를 입고 계신 것도 보았다. 옷이 조금 커 보였지만 아주 따뜻한 옷이라 할머니가 겨울을 따뜻하게 보내실 생각을 하니 즐거워졌다. 사실 할머니의 이름은 잘 모르지만 할머니는 나를 보면 항상 웃어주시며 다가와 손을 잡아 주신다.

비슷한 이야기는 여러 개 있다. 항상 나와 이야기하고 싶어 하는 다운증후군에 걸린 아저씨, 내가 원하는 걸 찾아 주려고 영어사전을 들고 다니는 코너에 사는 아주머니, 언제나 덤으로 과일을 얹어주시면서 내가 어디에서 바가지 쓰지 않게 도와주는 과일 가게 아주머니, 밝게 웃으며 길거리에서 나에게 '헬로!' 라고 인사해주는 많은 아이들… 내가 집에 돌아오면 종종 누군가가 집 앞을 쓸었던 흔적을 보곤 한다.

요즘은 우리가 이 동네의 유일한 미국인이라는 사실에 너무 기쁘다. 이 소중한 경험을 방해할 요소가 없기 때문이다. 비록 많은 대화를 나누지는 못하지만, 이것이 오히려 더욱더 순수하고 진정한 한국에서의 경험을 만들어가게 하는 것이 아닐까 한다. 주변 사람들에 대해 정말 많은 것을 알게 되었다. 그리고 가진 것이 적은 사람들이 너

무도 내게 많은 것을 주려고 한다는 것을 느꼈다. 작은 인사와 손짓일
지라도 이 친절한 행동들은 우리가 이곳에서 환영받고 있다는 것을
느끼게 한다.

There are Good Times and Bad Times

Alex Gransback
Student, Seoul American Middle School
Son of LTC Stephen Gransback, USFK, J5

My name is Alex Gransback and I am going to tell you about my life in Korea. I was born in Hawaii and after a few years my family and I moved to Korea and lived there for three years. We moved back to Hawaii for another three years and finally moved back to Korea in 2006. I am twelve years old. I live with my mother, father and a younger sister. My father is American and my mother is Korean born. I'm in the 7th grade and attend Seoul American Middle School. I really like school, but there are good times and bad times. I'll start by telling you about the good times.

My favorite past time is playing baseball. 'Playing baseball' is just an expression to me, but baseball is not play time to me.

Baseball is serious fun for me and my Korean team mates. I belong to a Korean Little League team. The Korean baseball coaching style is very different than the United States coaching style. In the United States the coaches usually punished us with a lot of running. Our Korean coaches give us extra laps and punish us by hitting us on the back of the thighs with a bat. Even though it hurts to get hit, my teammates and I usually deserved it because we were fooling around, not listening or not trying hard. My coach explained this punishment to my parents and I on the first day I joined the team, but I still wanted to be on the team. My Korean baseball team practices everyday for at least five hours, but my parents do not let me go everyday except during summer break. Sometimes I don't like it when I want to hang out with my friends but I go to baseball anyway. I am proud of my Korean team because we are very good and can easily beat any American Little League team on post, even the high school team. Overall, our mechanics are much better.

Besides making me a better baseball player, the other things I like about Korea are the food, and the saunas. My favorite Korean food is black bean noodles. One of my favorite things to do is go to the Korean sauna with my family on weekends. You can order black bean noodles in the sauna. Sometimes we even sleep in the saunas. Some saunas are very nice, such as the one called the Dragon Spa located next to Seoul Station. To me Koreans are very social people. You can see that at the sauna where they eat; play games, chat, read, and sleep there together. You can also get a haircut there. Nowadays Koreans add computers and movie theaters to attract more people to the sauna. This is probably the main reason I go there. I enjoy playing on the computer in Korea.

The things I don't like about Korea are that the drivers in Korea that don't obey the traffic lights, signals or laws. Another thing I don't like is that Koreans build too many apartment buildings and don't really keep places clean. I also don't like how the air in Seoul is so polluted. If North and South Korea got along with each other there would probably be more room to build apartments and grow trees so that we won't have to worry about crowded places.

Since my mother is Korean I have a lot of Korean relatives. I also have a few close Korean friends. I have a Korean grandfather, two uncles, four aunts, and many cousins. We visit my relatives often, because they live nearby. Korean relatives are very generous. My father likes visiting my Korean relatives especially on Korean holidays.

As you may know every country usually has its own holidays. Koreans celebrate a holiday in September or October every year (determined by the lunar calendar) called Chusok, which is the autumn harvest time. At this time of the year my family and I go to our grandparent's house and spend time with each other talking and eating. The adults also drink. Koreans like to drink. Before eating and drinking on Chusok we do a small bow to our ancestors that show respect. My uncle sets up the table and screen and place everything in just the right place. This is an important ceremony. My uncle lights the incense and writes my grandmother's name on rice paper. Most Koreans worship their ancestors but since my family and I are Christian we just venerate, or show them respect. At the end of the ceremony, my uncle lights the rice paper on fire near the door. We all say goodbye to grandmother as it floats away. This is a nice way to remember people.

Some things that scare me in Korea are the North Koreans, the cars, and sometimes the people. I'm scared that the North Koreans will attack South Korea and lots of people would get hurt and separated from their families. One thing that would improve Korea and the world would be, if North and South Korea got along with each other. Three would be fewer problems in the world and there would be more room in Korea to build buildings and grow trees. The one thing my father hates is how some Koreans drive. If you've driven in Seoul and marked tallies for each car that ran a red light there would probably be a lot of tallies. Since Korea doesn't really make laws for driving, people don't follow lights/signals, especially taxi drivers.

The one thing I don't want to happen to me is to be kidnapped by a person, and in Korea there are kidnap incidents that happen sometimes. So when ever you travel in the cities of Korean I recommend you stick with a buddy.

One thing Korea is crazy about is soccer, every year during the world cup thousands of people gather around the huge television located at City Hall. If you are driving by you can hear the load cheering, screaming, and shouting. If you are in a tall building all you can see is the movement of red, because of all the people wearing red. Almost everywhere you go in Korea, there's people playing soccer.

Some of my friends are half Korean and American just like me, and I've noticed that Korean mothers are usually stricter and give in a lot of work to their children. For example, my mother is Korean and she makes me do so many things a week, like piano lessons, violin lessons, and Kumon (Korean studies). Sometimes when I practice my piano and violin she makes me do songs over and over again. I'm not saying it is bad to have Korean mothers, I'm just saying that they are strict and want you to have a good future. My mom can be cool and lets me hang out with my friends a lot, but I have to get all my lessons done first.

I've written mostly about Korea. I don't know that much about my American side, because I've only lived in Hawaii for four years. My Dad says Hawaii is unique and isn't like the mainland I am really looking forward to learning about my American side.

한국생활의 좋았을 때와 나빴을 때

알렉스 그랜스백
서울아메리칸 중학교 학생
주한미군 기획처 스티븐 그랜스백 중령의 아들

제 이름은 알렉스 그랜스백이고, 한국에서의 제 삶에 대해 이야기해 보려고 합니다. 저는 하와이에서 태어났고, 몇 년 후 저희는 한국으로 이사하여 3년 동안 이곳에서 살았습니다. 그리고 다시 하와이로 돌아가 3년을 지내고 2006년에 한국으로 다시 돌아왔습니다. 이때 저는 열두 살이었어요. 어머니, 아버지, 그리고 여동생과 함께 삽니다. 저의 아버지는 미국인이고, 어머니는 한국인이십니다. 지금 저는 서울 미국인 중학교 1학년에 다니고 있습니다. 저는 학교가 정말 좋지만, 좋을 때도 있고 나쁠 때도 있어요. 좋을 때부터 이야기해 볼게요.

저는 야구하는 것이 가장 좋습니다. '야구하고 논다'는 것은 제게 그냥 표현일 뿐이지, 제가 야구를 놀이로 생각한다는 의미는 아니에요. 저와 저의 한국 친구들에게 야구는 아주 진지한 놀이거든요. 저는 한국 리틀야구팀에 소속되어 있어요. 한국의 야구 코칭 체계는 미국의 것과 아주 달라요. 미국에서는 코치들이 우리가 잘못하면 달리기를 많이 시키지만, 한국 코치님은 더 많이 시키거나 야구 방망이로 종아리를 때리기도 합니다. 맞으면 아프지만 우리는 말을 듣지 않고, 열심히 하지 않고, 잘못했다는 것을 알아서 불만은 갖지 않습니다. 우리 코치님은 제가 팀에 들어온 첫 날 부모님께 체벌에 대해 설명하셨지만, 저는 계속 팀에 남아있고 싶었습니다. 우리 팀은 매일 다섯 시간 이상 연습하는 데도 부모님은 여름방학 때를 빼고는 매일매일 하게 해 주십니다. 가끔은 친구들과 놀고 싶을 때도 있지만 결국에는 야구를 하러 갑니다. 저는 우리 한국 팀이 매우 자랑스러운데, 우리는 아주 잘 하고 이 부대 안의 어떤 미국 리틀야구팀, 심지어는 고등학교 팀도 이길 수 있기 때문이에요. 우리의 방식이 훨씬 좋다고 생각합니다.

한국은 저를 훌륭한 야구선수로 만들어 주기도 하지만, 저는 한국의 음식과 사우나도 좋아합니다. 제가 가장 좋아하는 한국 음식은 검은콩 국수입니다. 그리고 주말에 가족과 함께 한국 사우나에 가는 것도 아주 좋아해요. 사우나에서 검은콩 국수를 시킬 수 있거든요. 서울역 근처에 있는 '드래곤 스파' 같은 곳은 정말 좋아요. 사우나 이곳저곳에서 사람들이 먹고, 게임하고, 이야기하고, 책을 읽거나 잠을 자는 모습들을 동시에 볼 수 있어요. 머리도 깎을 수 있답니다. 요즘은 사람들을 많이 모으기 위해서 컴퓨터와 영화관도 있습니다. 이것이 제가 사우나에 가는 가장 큰 이유인데, 저는 컴퓨터하는 것을 아주 좋아하기 때문입니다.

한국에 대해 별로 좋아하지 않는 점은 한국 운전자들이 신호등이

나 표지판, 교통 규칙을 지키지 않는다는 것입니다. 그리고 아파트를 너무 많이 짓고, 머문 자리를 깨끗하게 치우지 않는다는 것이에요. 서울의 공기가 너무 오염되어 있다는 것도 싫습니다. 북한과 남한이 서로 화해한다면 아파트도 더 많이 짓고 나무도 많이 심어서, 복잡한 곳들이 조금 나아질 것 같습니다.

우리 어머니가 한국인이기 때문에 저는 한국인 친척들이 많습니다. 친한 한국인 친구들도 몇 명 있습니다. 한국인 외할아버지와 삼촌 두 분과, 이모 네 분, 그리고 많은 사촌들이 있어요. 가족들이 모두 근처에 살기 때문에 자주 찾아갑니다. 한국 친척분들은 정말 좋으신 분들이에요. 아버지는 한국 기념일마다 친척들을 찾아가는 것을 좋아하십니다.

모든 나라에는 다 휴일이 있습니다. 한국에는 매년 9~10월쯤(음력으로 따집니다) 추석이라는 명절이 있습니다. 이 기간에 우리 가족은 할아버지 댁에 방문해서 이야기를 나누고 음식을 먹으면서 시간을 보냅니다. 어른들은 술도 마셔요. 한국사람들은 술 마시는 것을 좋아합니다. 추석에 먹고 마시기 전에 먼저 조상들에게 감사를 표하기 위해 절을 합니다. 삼촌이 상을 차리고 살펴본 뒤 음식들을 각각 정해진 자리에 놓습니다. 이것은 아주 중요한 의식입니다. 한국사람들은 조상들을 숭배하지만 우리 가족은 기독교라서 그냥 기도하거나, 감사를 표합니다. 차례가 끝날 때에는 문 근처에서 삼촌이 얇은 종이를 태웁니다. 종이가 사라지면서 우리는 모두 할머니에게 작별을 고합니다. 이것은 떠난 사람들을 기억하는 데 좋은 방법인 것 같습니다.

한국에서 저를 무섭게 하는 것은 북한, 그리고 차들과 사람들이에요. 저는 북한이 한국을 공격하면 사람들이 많이 다치고 가족과 헤어져야 된다는 것이 무서워요. 한국과 세계가 더 나아지는 길은 남한과 북한이 하나가 되는 것이라고 생각합니다. 세계적으로 문제점들이 줄어들 것이고, 건물을 짓고 나무를 심을 공간들이 늘어나기 때문입니다. 우리 아버지가 싫어하는 것은 몇몇 한국 운전자들입니다. 서울에서 운전을 하면서 빨간 불일 때 그냥 지나가는 차를 하나씩 세어 보면 정말 많을 겁니다. 한국에는 운전에 관한 법이 엄하지 않아서인지, 특히 택시 기사들을 비롯한 많은 사람이 신호등이나 표지판을 무시하곤 합니다.

제가 정말 바라지 않는 것 중의 하나는 납치되는 일입니다. 가끔씩 한국에서는 납치 사건들이 발생합니다. 그래서 한국 도시들을 여행할 때는 항상 누군가와 함께 다니는 게 좋습니다.

저는 한국이 축구에 매우 열광적이라고 생각합니다. 월드컵 기간이면 어느 해나 수천 명의 사람들이 시청 앞의 거대한 텔레비전 앞에 모입니다. 주변을 지나가면 엄청난 응원소리와 고함을 들을 수 있습니다. 높은 곳에 있으면 빨간 것들이 움직이는 걸 볼 수 있는데, 모든 사람들이 빨간 옷을 입고 있기 때문이지요. 한국 어디를 가든지 축구를 하는 사람들이 있습니다.

제 친구 중 몇 명은 저처럼 한국과 미국 혼혈입니다. 그리고 제가 느끼기로는 한국 어머니들이 매우 엄격하고 아이들에게 많은 것을 시키는 것 같습니다. 예를 들어 우리 어머니는 한국인인데 저에게 매주 아주 많은 것들을 시키십니다. 피아노 레슨, 바이올린 레슨, 구몬(한국어 교재) 같은 것들입니다. 제가 피아노와 바이올린을 연습할 때 어머니는 같은 노래를 끊임없이 반복하도록 시키세요. 제 생각에는 엄격하게 함으로써 나중에 잘 되도록 도와주시는 것 같아요. 어머니는 저를 친구들과 놀게 해 주시지만, 그러려면 일단 수업들을 다 끝내야 합니다.

한국에 대해 거의 모든 것에 대하 써 보았습니다. 저는 하와이에서 4년만 살았기 때문에 저의 미국적인 측면에 대해서는 많이 알지 못합니다. 아버지 말로는 하와이는 굉장히 특별한 곳이라 제가 저의 미국적 측면을 알아가는 데 대륙만큼 크게 도움이 되지는 않을 거래요.

■ 2007 Second Prize

Receptive to New Cultures and Experiences

Patricia Beckwith
Student, University of Maryland

I sat at my kitchen table attempting to do my homework, but being more successfully in day dreaming of the new adventures that starting high school would bring. I heard the back door swing open and my dad strolled into the kitchen and his first words were, Patricia we are moving to Korea. So blunt and straight to the point, no introduction to allow me time to figure out that something enormous was coming my way. Completely blown away, I kept thinking he was joking and I just couldn't understand the punch line. I couldn't stop thinking about how impossible it seemed that I was moving to Korea, I didn't even know where it was located.

When I told my friends I was moving to Korea, they flooded

my mind with "facts" about Korea. As Ridiculous as some of their ideas were, I believed them, not having taken the time to educate myself. I prepared myself to move to a country whose main dish was dog, whose people spoke no English and bombs went off daily.

Within my first week in Korea, I realize how wrong I was about Korea. The ideas I allowed myself to believe not only gave me a chance to laugh at my ignorance, but provided the realization that I needed to educate myself, and get the very most out of my opportunity. Luckily, I had the chance to live off post which provided an abundance of experiences to the culture and many chances to interact with the people of Korea. I made friends that were just as eager to engage themselves in partaking of the culture. We tried foods of all sorts with open minds and we didn't find much that didn't make our tongue dance with delight. We filled our free time on computers in PC Bangs playing Korean computer games and with Karaoke, singing until our throats couldn't utter another sound. All the wonderful places, to shop until you drop, were a fantastic bonus to any high school girl and we took full advantage. We traveled all around Seoul searching out new experiences and adventures. Through our curiosity, I have personally learned more about Korea, than any book could teach me.

I had a great time spending my high school years in Korea, but being a little older and wiser, I look back and realize it wasn't the PC Bangs and shopping that made my life so blessed. It was the life lessons that being in Korea has taught me along the way. Being in Korea has shown me that the color of skin, the language some one speaks, or the way some one dresses doesn't determine who a person is, but what does is character. Seeing how eager people around the world are to lend a hand, helps me, as individual, understand the importance of educating ourselves to cultures of the people surrounding our lives. Two examples of a wonderful service displayed that seemed seemingly small stick out so boldly in my mind:

The heavy rain pounded on the ground and wind blew viciously as I watched dryly from under the shelter of the subway exit. I dreaded walking up the stairs and into the ice cold water that fell from the skies above, but I was aware that it was inevitable. I bowed my head and began walking up each stair; my pace grew sluggish with each stair hoping to prolong my time of warmth and dryness. I reached the last step before I had to abandon the comforts of my shelter and I took that step with a moan. I shut my eyes and waited for the down pour of rain to in case my body, but my body remained free from the earth's showers. I opened my eyes and watched rain still flowed to the grounded around me. I glanced up; I was astonished to see an umbrella shielding me. I looked to the Korean woman beside me holding the umbrella over me; she wore a brilliant smile from ear to ear. She simply inquired of me, where I was going, in Korean. When I told her, in my broken Korean, she seized my arm and led me to my destination. We couldn't communicate much, but I did my best to express my gratitude. She walked along with me, defending me from the rain, all the way to my destination. Then she grinned and strolled back in the same direction which we had came.

My heart raced as I sat in the back seat of a taxi, peering out the window and becoming more and more conscious that none of the surrounding buildings seemed familiar. I glanced at my watch and knew by the amount of time that had past since I entered the cab that I should be there by now. I removed my cell phone from my pocket only to see that it had shut off from lack of battery. I could feel myself starting to panic. I knew after paying the taxi driver, I would have absolutely no money. My older brother had promised to pay my cab fee back home if I had come to visit him. The cab driver finally pulled over to let me out, but it wasn't at all where I needed to be. He noticed the uncertainty in my face. He tried to communicate with me to figure out why my face carried so much worry. After a few short minutes of us trying to communicate he realized that I was lost. He turned off his meter and handed me his cell phone with a comforting grin. I thanked him greatly and begin dialing the only number I had memorized of anyone who spoke Korean. It rang continuously, but no answer. I tried again with the same result. My heart sunk like an anchor being dropped off a ship. I thought surely his patience would soon run out, but it never did. We sat there for twenty minutes. At last an answer and my Korean friend was able to tell him where I needed to be. Knowing that I didn't have money, he left the meter off and he took me out of the kindness of his heart.

Being in Korea has made me realize that there is more than America. We must unite and help other countries. Our will to assist and do what is best, will help better the world. For this newly founded inspiration I give thanks to the military and the brave soldiers that have worked for this cause. Without my father's interaction with the military I would have never been able to participate in this great experience. The military gave the opportunity for my family and me to travel the world and take part of different cultures and for me to gain a will to educate myself and not live in ignorance. Because of this chance to move around I have become more receptive to new cultures and experiences.

새로운 문화와 경험의 수용

패트리샤 벡위드
메릴랜드대 학생

나는 내 숙제를 하려고 식탁에 앉아 있었다. 그러나 고등학교에서의 새로운 모험에 대한 기대감에 더 빠져있었다. 뒷문이 열리는 소리를 들었고 아버지가 부엌으로 들어와서 "패트리샤 우리 한국으로 이사간다"라고 하는 것을 들었다. 거대한 무엇인가가 내 인생에 다가오는지를 파악할 시간도 내게 허락하는 아무런 소개도 없이 그렇게 직접적으로 거두절미하고 말했다. 나는 아버지가 장난치고 있다고 생각했고, 무슨 말인지 도무지 이해할 수가 없었다. 나는 내가 한국으로 가는 것이 얼마나 말도 안 되는 일인지 생각했다. 그곳이 어디 있는지조차 몰랐다.

내가 친구들에게 한국으로 이사 간다고 말했을 때 그들은 한국에 대한 루머를 말해줬다. 나는 한심하지도 스스로 알아보기도 전에 그들의 말을 믿었다. 주식으로 개고기를 먹고, 영어를 모르며, 매일 폭

탄이 터지는 나라로의 이사를 준비했다.

한국에서의 첫 주일은 내가 얼마나 한국을 잘못 알고 있었는지 깨닫게 해주었다. 내가 믿었던 사실들은 나 스스로를 비웃게 했을 뿐 아니라 나 스스로가 더 공부해야 한다는 것을 깨닫게 했다. 운 좋게도 나는 많은 사람들과 교류할 수 있고 많은 경험을 할 수 있는 우체국 옆에 살았다. 나는 다른 문화를 체험하고자 열망하는 친구들을 많이 만들었다. 우리는 열린 마음으로 모든 음식을 먹어봤고 그 음식들은 우리의 미각을 만족시켜 주었다. 우린 우리의 자유시간을 피시방에 가서 한국 컴퓨터 게임을 하고 노래방에 가서 우리가 더 이상 소리를 낼 수 없을 때까지 놀았다. 들르는 상점마다 고등학생인 우리에게 많은 보너스를 주었고 그래서 우린 많은 이득을 보았다. 우린 새로운 경험과 모험을 위해 서울 곳곳을 여행했다. 우리의 호기심으로 인해 어떤 책보다도 한국에 대해 많이 알게 되었다.

한국에서 나는 매우 좋은 고등학교 시절을 보냈다. 하지만 시간이 지나고 철이 들수록 나는 피시방과 쇼핑이 나의 삶을 축복되게 한 것이 아니란 걸 깨달았다. 한국에서의 삶은 나의 삶에 있어서 많은 것을 가르쳐주었다. 한국에 있으면서 나는 피부색, 언어, 옷을 입는 스타일이 그 사람을 결정하는 것이 아니란 것을 배웠다. 사람들이 개인으로서 주변 사람들을 도와주려고 얼마나 열심인 것을 보면, 우리의 삶을 둘러싼 그 사람들의 문화에 대한 교육의 중요성을 이해하겠다. 그들의 작은 배려가 나에게 큰 감동을 준 2개의 예가 있다.

지하철 출구에서 나는 비가 너무 많이 내리고 바람이 심하게 부는 것을 보았다. 나는 차가운 하늘에서 내리는 피할 수 없는 물방울을 향해 걸어 올라갔다. 내 걸음은 조금이라도 따뜻하고 마른 느낌을 간직하고 싶어서 점점 느려졌다. 마지막 계단에 올라섰고 지붕의 마지막 편안함을 느끼고 천천히 걸어 올라갔다. 눈을 감고 내 몸으로 떨어질 빗방울을 기다렸지만 내 몸에는 빗방울이 떨어지지 않았다. 나는 눈을 떴고 내 주변에는 아직 비가 내리고 있었다. 나는 위를 올려다보았고 날 보호하고 있는 우산에 놀랐다. 내 옆에 우산을 들고 있는 한국인 여자를 보았다. 그녀는 밝게 미소짓고 있었다. 그녀는 큰 감동을 주었다. 그녀는 내 팔을 이끌고서 나의 목적지까지 데려다 주었다. 우리는 많은 대화를 하지 않았지만 나는 최선을 다해서 감사를 표했다. 그녀는 내가 비를 맞지 않도록 보호하면서 나의 목적지까지 데려다 주었다. 그리고 그녀는 우리가 걸어왔던 곳으로 다시 돌아갔다.

택시 뒤에 타고 있을 때 내 심장은 매우 빠르게 뛰었다. 왜냐하면 창밖으로 보이는 풍경들이 낯설었기 때문에 점점 더 걱정스러워졌기 때문이다. 택시에 탄 지 오래 지났고 따라서 나는 내가 이제 목적지에 도착해야 한다는 것을 깨달았다. 나는 휴대폰 배터리가 나간 것을 알게 되었고 혼란스런 상황에 빠졌다. 택시비를 내고 나면 돈이 한푼도 없을 것이기 때문이다. 나의 큰오빠는 집으로 찾아가면 택시비를 주기로 약속했다. 택시 운전자는 나에게 도착했다고 했다. 하지만 그곳은 내가 가야할 목적지가 아니었다. 그는 내 안색이 좋지 않은 것을 알아챘다. 그는 왜 내 안색이 좋지 않은지 물었다. 그와 잠시 이야기를 한 후에 그는 내가 길을 잃었다는 것을 알았다. 그는 택시 미터기를 끄고 그의 휴대폰을 나에게 쓰라고 했다. 난 그에게 매우 감사하며 내가 아는 한국어를 잘하는 유일한 사람에게 전화를 했다. 하지만 전화를 받지 않았다. 다시 했지만 결과는 같았다. 내 심장은 마치 배의 닻처럼 덜컹 가라앉았다. 난 그의 인내심이 바닥날 것이라고 생각했다. 하지만 그는 그렇지 않았다. 우린 20분이나 있었다. 결국 내 한국 친구가 전화를 받았고 그에게 내 목적지를 알려줄 수 있었다. 내가 돈이 없다는 것을 알고 그는 미터기를 끄고 나에게 큰 친절을 베풀었다.

한국에 있는 것은 미국에 있는 것보다 더 큰 깨달음을 주었다. 우리는 화합하고 다른 나라를 도와야한다. 우리의 돕고자하는 의지가 더 좋은 세상을 만들 것이다. 이 새로운 깨달음으로 나는 군대와 용감한 군인들이 이런 이유 때문에 일한다는 것을 알았다. 우리 아빠의 군대와의 인연이 아니었으면 나는 아마 이런 멋진 경험을 해보지 못했을 것이다. 군대는 나와 내 가족에게 다른 문화를 갖고 있는 세상을 여행해보고 나 스스로를 배우게 하도록 했다. 이런 여행의 기회 덕에 나는 새로운 문화와 경험에 더욱더 큰 존경을 갖게 됐다.

On the Other Side of the World

PFC Matthew Voyce
Postal Specialist, 19th AG Company

When I first received my orders to Korea, the fear of the unknown was quite overwhelming. I had no idea what to expect or any way to predict how the next year of my life would go. Besides knowing where Korea was located on a map, my knowledge of the country and their culture was shamefully limited. The only thing I knew for certain was that I would be thousands of miles away from my family, friends, and all the people that matter the most to me. I would quite literally be, on the other side of the world.

Luckily for me I became friends with a Korean man very shortly after I arrived in this country. It took me more than a week to figure out which direction was north, so I am very thankful he took the time to show me around and explain certain aspects of his culture. I vividly remember the first time my friend Min Ho invited me out for dinner with his friends. I expected to feel awkward, but his friends could all speak English and they were just as eager to get to know me, as I was them. When I walked into the restaurant the first thing I noticed was everyone sitting on the floor. This obviously is not an American tradition, nor do I think any restaurant in the United States would be successful if they made all their customers sit on the ground, but it seemed to be popular here. I followed everyone else, quickly removed my shoes, and then proceeded to find a comfortable spot on the floorboards. Besides constantly shifting my position every few minutes and desperately trying to keep the blood circulating in my legs, I really did enjoy the evening. This was my first glimpse into another culture. The atmosphere was different and I really liked the concept of cooking my own food right at the table. I also had my first encounter with soju and tried many new side dishes, most of which I cannot pronounce.

I could already tell that living in Korea was going to be a dramatic change from the small town of Swisher, Iowa where I grew up. Things seemed to be simpler in Iowa compared to the chaos of a big city. I heard about this thing called, "Public Transportation," I had read about it, and even saw it on television, but I had never encountered it before. Then Min Ho decided to take me on the subway for the first time. I was honestly amazed at how easy it was for me to grasp. Since the city names are written in English and the subway map is color-coded, it made learning it even easier. After about two or three times riding the subway with him, I felt comfortable taking the subway by myself and exploring Korea without the fear of getting lost.

I also had the privilege of attending several traditional Korean weddings this summer. Seeing the ceremony take place and being able to compare it to traditional American style weddings was enlightening. The traditional attire that both the men and the women wore was far more extravagant than any other wedding I had ever seen. Obviously I was unable to understand a single word of what was being said, but I got the basic idea. I noticed that nobody was brought presents for the bride and groom. I asked one of my friends, and she explained to me that it is customary to bring money as a gift to any event that you are invited to. She said that you present your money at the door and then they take down your name, which lets the host know how much you gave. She also said that if you were ever invited to their wedding in the future you could look at the registry and see how much they gave you when they attended your wedding. She concluded that it is considered rude for you to give them anything less than what they gave you. I actually like this idea better than just bringing presents. In my opinion, money is what newly weds would be thankful for.

When Memorial Day weekend approached, I found myself with an extra day off and the urge to get out of the city. I did some research online and found the city of Gyeongju, the old capital of the Silla Kingdom in the 600's that lasted more than a thousand years. I asked Min Ho if he wanted to join me. He had lived in Korea all of his life and he said that he had never been to Gyeongju either. We decided to make a weekend out of it. It was a tiresome four-hour drive, but it was nice to get some fresh air too. I had the opportunity to see some of the oldest historical sites and some of the best national treasures that Korea has to offer. Climbing up and down mountains was exhausting, however the astonishing view made it worthwhile. We toured palaces and explored tombs that were hundreds of years old. It was like seeing an entire episode on The Discovery Channel, and now I have pictures to keep for the rest of my life.

After being in Korea for just a few months I was extremely impressed with all of the new experiences and cultural knowledge that I was fortunate enough to gain. I decided that I was going to extend my one-year contract for an additional year. I had already become a master of chopsticks so I decided to take it one step further. I decided that I would learn to speak Korean. I had already been taking classes at the University of Maryland so I decided to take Korean as an elective. Mrs. Lee was my professor and she did a marvelous job of teaching me how to read and write in Hangul in just a few short months. This made my life tremendously easier in Korea. Now I can read my own menu at a restaurant and I have no problem asking people questions in Korean. The biggest challenge for me was being able to talk to taxi drivers and telling them where I wanted to go, but now they can understand me. I still have many classes to take before I can speak Hangul fluently. However, just taking one class helped immensely. I would highly recommend it to anyone, whether you are taking college classes for credit or just to learn the language.

A friend of mine who knew I was learning Korean asked me if I would be interested in teaching English on some Saturdays. She manages a program that teaches Korean children age's five to eight how to speak English. I thought it would be an interesting new experience for me so I happily agreed. She explained to me that the kids had started to learn English at a very young age; however they lacked many opportunities to speak it. Most of their parents did not know English, yet they wanted their kids to learn it. The kids looked forward to spending every Saturday with an American learning how to read, write, and sing, but most importantly, just having a conversation in English. The first time I went I thought it was very amusing. I talked with all of the kids individually and they told me about their families and what they wanted to do when they got older. We played many different board games and then I showed them some magic tricks that my father taught me. Before class was over I had all of the kids draw me a picture of Sponge Bob Square Pants so I could take them home with me. I was truly amazed at how brilliant those kids are.

My friend Min Ho knew that I liked trying new things and learning about the Korean culture. I was extremely honored when he invited me to his grandmother's 70th birthday party. I learned that turning seventy in Korea is one of the most respected days of one's life. Min Ho's entire family traveled from all of over the world to attend the celebration. The party was extraordinarily elegant and a significant part of the Korean culture. I was introduced to all of Min Ho's family including his grandmother. During the ceremony emotions ran high, whether people were applauding or crying. Min Ho explained to me that they were reflecting back on the past seventy years of her life, both the good times and the bad. Then I watched intently as the immediate family performed the formal bow to his grandmother. Afterwards I enjoyed one of the best dinners that I have ever had in Korea. Min Ho's grandmother made her way over to our table and requested to do a shot of soju with me. I smiled as I filled the two glasses; we toasted each other and then drank. She looked at me and smiled and then filled the glasses again, insisting that we do another. As soon as I placed the glass on the table she grabbed my arm and led me to the dance floor. I did not know how to dance the traditional style, but luckily for me, she was an amazing teacher. At the end of the dance, I bowed to her and then escorted her back to her table. The entire party was being videotaped so I am thankful that I will have that to look back on in the years to come.

About a month later when Chuseok (the Korean Thanksgiving) came around Min Ho's family insisted that I join them. I went over to his grandmother's house and it looked like she had been cooking for two full days. I learned about the meaning of Chuseok and how Koreans honor their loved ones that have passed away. They prepare an enormous meal of their favorite foods and set a place on the table for them. After lunch I went with Min Ho to the resting place of his father. This was a new experience for me because in America, once someone has been cremated, the family takes the urn home. I learned that in Korea there are places where someone can rent a space to rest the urn. Many people also placed some of their favorite possessions that serve as reminders of loved ones inside the space close to the urn. I thought this to be a very good idea because it gave all of the family and friends a place to come and pay their respects.

I thanked Min Ho and his entire family for inviting me into their home and sharing so much with me. I then asked him if he knew anything about the American style Thanksgiving. I briefly explained some of my culture to him and then he translated it into Korean so that the rest of his family could understand too. I asked him if his family would like it if I cooked an American style Thanksgiving feast for them. Without any hesitation at all his entire family said, "Yes." I could not help but to laugh at how quickly they responded. I know it will be a lot of work to cook a meal for fifteen people, but it is my way of saying thanks for everything that they had done for me.

I have experienced many new things in the brief year that I've been in Korea. I am very much looking forward to the next year to come. I hope that I can continue to learn as much as possible about the Korean traditions and with any luck visit Korea yet again during the length of my army career.

지구 반대편에서

매튜 보이시 일병
주한미군 우편특과병

한국으로의 파병 소식을 처음으로 접했을 때, 나는 미지의 세계에 대한 두려움이 앞섰다. 무엇이 나를 기다리고 있을지, 그리고 내년의 삶은 어떠할지 도무지 감을 잡을 수 없었다. 한국이 세계 지도 위의 어디에 있다는 정도만 알았을 뿐, 국가와 문화에 대한 지식이 너무도 부족했기 때문이다. 확실한 것은 이저 가족과 친구, 소중한 사람들로 부터 수천 마일을 떠나 있어야 한다는 사실이었다. 지구 반대편으로 가게 된 것이다.

운 좋게도 한국에 와서 얼마 안 되어 한국인 남자와 친구가 되었다. 한국에 와서 북쪽이 어디인지 구별하는 데만도 일주일이 넘게 걸렸기 때문에, 이 친구가 이곳저곳을 구경시켜 주고 문화에 대해 설명해 준 것은 정말 큰 도움이 되었다. 긴호가 친구들과 함께하는 저녁

식사에 나를 처음으로 초대한 날을 아직도 생생하게 기억한다. 어색하면 어쩌나 하는 나의 예상과는 달리, 친구들은 모두 영어를 할 줄 알았고 서로에 대해 알아가려고 매우 노력하였다. 물론 나도 마찬가지였다. 식당에 들어갔을 때 처음 눈에 띈 것은 모든 사람이 바닥에 앉아 있었다는 사실이다. 우리 문화와는 매우 달라서 미국에서 이런 식당을 열었다가는 절대 성공하지 못할 것 같지만, 이곳에서는 흔한 문화인가 보다. 친구들을 따라 신을 벗고 적당한 자리를 찾아 앉았다. 몇 분마다 자세를 바꾸고 저린 다리를 푸느라 몹시 힘들었지만 그날의 저녁은 정말 즐거웠다. 다른 문화를 처음으로 체험해 본 것이다. 분위기가 달랐고 테이블에서 직접 내 음식을 요리해 먹는다는 것이 정말 좋은 생각 같았다. 소주와 이름은 잘 기억나지 않는 많은 반찬들도 처음으로 먹어 보았다.

나의 고향인 아이오와 주 스위셔의 작은 도시에 사는 것에 비하면 한국에서의 삶은 정말 극적인 변화였다. 거대한 도시의 복잡한 일들에 비하면 아이오와에서의 삶은 무척 단순한 것이었다. 나는 '대중교통'에 대해 책이나 TV에서 본 적은 있지만 실제로 본 적은 없었다. 그러자 민호는 내게 지하철을 구경시켜 주었다. 한국의 지하철이 이렇게 이용하기 편리하다는 것에 정말 놀랐다. 역 이름은 영어로도 병기되어 있었고 노선별로 다른 색으로 표시되어 있어서 더욱 이해하기 쉬웠다. 민호와 함께 두세 번 지하철을 타 보고서는 혼자서도 능숙하게 이용할 수 있었고 길을 잃을 염려 없이 서울 곳곳을 구경할 수 있었다.

이번 여름에 한국사람들의 결혼식에 몇 번 초청받아 갈 기회도 있었다. 식을 직접 보고 미국의 결혼식과 비교해 보곤 했는데, 신랑, 신부의 의상이 이때까지 미국에서 본 어떤 결혼식보다 화려했다. 축사나 사회 같은 것은 한 마디도 이해할 수 없었지만, 대략 어떤 순서로 진행하는지는 감을 잡을 수 있었는데, 선물을 가져온 사람이 아무도 없다는 것을 알게 되었다. 친구에게 물어보자 한국에서는 입구에서 선물 대신 축의금을 전달하고, 부부가 자기가 얼마를 내냈는지 알 수 있도록 이름을 적는다고 한다. 그리고 그것을 보고 그분들이 자기 결혼식에 참석할 때 얼마를 축의금으로 건넬지 결정한다고 이야기해 주었다. 받은 금액보다 더 적은 돈을 내면 무례하다고 생각된다는 것이다. 나는 사실 이것이 선물을 건네는 것보다 더 낫다고 생각했다. 신혼부부들에게 가장 필요한 것은 돈이다.

독립기념일 연휴를 앞두고는 도시 밖으로 벗어나고 싶은 생각이 간절하였다. 인터넷으로 정보를 찾아보다가 서기 600년 신라의 수도였던 천년의 고도 경주에 대해 알게 되었다. 민호에게 같이 가겠냐고 물어보았더니, 그 역시도 경주에 한 번도 가 보지 않았다는 것이다. 그리고 우리는 주말을 경주에서 보내기로 결정하였다. 네 시간 동안 운전하는 것은 피곤했지만 맑은 공기를 마시는 것은 즐거웠다. 옛날 유적지들, 그리고 한국 최고의 국보급 문화재들을 볼 수 있었다. 산을 오르내리는 것은 힘들었지만 너무도 빼어난 경관 때문에 충분히 가치 있는 수고였다. 수백 년 된 성곽과 고분들도 보았다. 마치 디스커버리 채널의 어떤 장면들을 처음부터 끝까지 보는 느낌이었는데, 그날의 사진들은 평생 간직할 것이다.

한국에서 몇 달을 지낸 후 내가 얻은 새로운 경험들과 문화적 배경 지식들에 감탄하지 않을 수 없었다. 그리고 한국에서 한 해를 더 보내기로 결정하였다. 이미 젓가락 쓰는 법도 완벽히 떼었고, 이제는 한 단계 나아가 한국말을 배워보기로 결심하였다. 메릴랜드 주립 대학에서 이미 수업을 듣고 있었기 때문에 한국어 과목을 선택하기로 하였다. 한국어 강사인 이 선생님은 한글을 읽고 쓰는 법을 불과 몇 달 만에 익힐 수 있게 해 주었다. 그래서 한국에서의 삶은 훨씬 수월 해졌다. 요즘은 식당에서 메뉴를 스스로 읽고, 한국사람들에게 뭔가를 물어보는 데 아무 문제가 없다. 사실 택시 운전자에게 목적지를 설명하는 것이 가장 힘들었는데 이제는 내 말을 아주 잘 알아듣는다. 한국어를 유창하게 구사하려면 아직 수업을 더 들어야겠지만 수업 한 과목만으로도 충분히 도움이 되었다. 학점을 위해서든 언어 습득을 위해서든 꼭 수업을 듣는 것을 추천하고 싶다.

친구 한 명이 내가 한국어를 배우고 있다는 것을 알고서는 토요일마다 혹시 영어를 가르쳐 보지 않겠냐고 물어 왔다. 그 친구는 다섯 살부터 여덟 살까지의 한국 어린이들에게 영어회화를 가르치는 프로그램을 운영하고 있었다. 아주 흥미로운 경험이 될 거라고 생각한 나는 흔쾌히 제의를 받아들였다. 친구의 말에 의하면 아이들은 아주 어릴 때부터 영어를 배웠지만 말할 기회가 적었다고 한다. 부모님은 영어를 모르는 분들이 많지만 아이들에게는 가르치고 싶어 한다는 것이다. 아이들은 매주 토요일마다 미국인과 함께 영어로 읽고, 쓰고, 노래하고, 영어로 이야기하는 것을 몹시 즐거워했다. 아이들 한 명 한 명과 가족 이야기, 그리고 커서 무엇이 되고 싶은지에 대해 모두 이야기하였다. 여러가지 보드 게임도 하였고, 우리 아버지가 가르쳐 주었던 마술도 보여 주었다. 학기가 끝날 무렵에는 아이들이 나에게 집에 가지고 갈 수 있도록 스펀지 밥 그림을 그려 주었다. 이 아이들의 영특함에 나는 매우 놀랐다.

　민호는 내가 새로운 것들을 경험하고 한국 문화를 배우는 것을 매우 좋아함을 잘 알고 있었다. 그런 의미에서 나는 민호 할머니의 칠순 잔치에 초대받은 것을 몹시 영광으로 생각했다. 한국사람의 인생에서 칠순이 된다는 것이 큰 의미를 가진다는 것도 알게 되었다. 전국 곳곳에서 민호의 친척들이 할머니의 생신을 축하하기 위해 모였다. 이 잔치는 아주 우아했고 한국 문화의 중요한 부분인 것처럼 보였다. 민호는 할머니와 가족들에게 나를 소개해 주었다. 잔치를 치르는 동안 사람들은 박수를 치거나 울기도 하였는데, 민호 말에 의하면 할머니의 칠십 인생 동안 기쁘고 슬픈 순간들을 회고하고 있는 것이라고 하였다. 잔치가 끝나자 내가 한국에서 먹어 본 음식 중 가장 맛있었던 저녁도 먹었다. 민호 할머니께서는 우리 테이블로 오셔서 나와 소주를 한 잔 하자고 하셨다. 나는 웃으면서 두 잔을 채웠고 건배하고 마셨다. 할머니가 또 나를 쳐다보시고는 한 잔을 더 채우셨다. 내가 술잔을 놓자 할머니는 내 손을 이끌고 홀 중앙으로 나가서 춤을 추기 시작하였다. 한국 전통 춤에 대해 잘 몰랐지만, 할머니는 최고의 선생님이었다. 춤이 끝나자 나는 할머니에게 허리 굽혀 인사하고 테이블로 다시 모셔드렸다. 잔치가 모두 녹화되어서 나중에 영상을 보며 다시 기억을 떠올릴 수 있게 됨을 감사하게 생각했다.

　한 달쯤 후에 한국의 추수감사절인 추석이 다가오자 민호의 가족은 나도 꼭 함께 지내기를 원했다. 민호 할머니 댁에 도착했는데 음식이 너무 많아서 마치 할머니가 이틀 동안 잠시도 쉬지 않고 음식을 하신 것처럼 보였다. 추석의 의미와 한국에서 조상들을 기리는 방법 같은 것에 대해서도 배울 수 있었다. 점심을 먹고 나서 민호 아버지의 묘를 찾았다. 화장 후 분골을 집에 보관하는 미국 문화에 익숙해진 내게는 낯선 풍경이었다. 그리고 한국에서는 안장할 장소를 임대하여 사용할 수 있다는 것도 알게 되었다. 이렇게 함으로써 모든 가족들과 친구들이 언제든지 들러서 고인을 기릴 수 있다는 점이 좋다고 느꼈다.

　나는 민호와 가족들에게 집으로 초대해 주고 많은 것들을 함께해 주어서 너무 감사하다고 인사를 건넸다. 그리고 민호에게 미국식 추수감사절에 대해 아는지를 물어보았다. 나는 추수감사절에 대해 간단하게 설명해 주었고, 민호는 그것을 가족들이 이해할 수 있도록 통역해 주었다. 아무 거리낌 없이 순식간에 "예스"라고 대답하는 가족들을 보면서 정말 재미있었다. 열다섯 분의 식사를 준비하는 일이 힘들다는 것을 알기 때문에 내 방식으로 성의에 보답한 것이다.

　한국에서의 일 년 동안 정말 많은 것들을 경험하고 배웠다. 빨리 내년이 왔으면 좋겠고, 한국 전통문화에 대해 최대한 많이 배워서 군에 있는 동안 한국을 방문할 기회가 또 왔으면 좋겠다.

Dynamic Korea

PFC Aaron Schwitters
Court Reporter, 8th US Army

"Incredible India." "Pure New Zealand." "Naturally Nepal." "Dynamic Korea." Turn on the television at any random moment and you are likely to run across clever advertisements for countries trying to brand themselves in a manner that used to be reserved for things like laundry detergent. Many of these slogans could be criticized as simplistic. Take "Incredible India" as an example. It should go unsaid that any country with a rich history and more than a billion citizens would have much to see that is incredible - but certainly a bit more that is quite mundane. Not every effort at nation-branding seems as superficial, though. If only because I've lived here for a year, Korea's slogan hits home for me in a way others don't. Life in Korea can mean a change of pace that takes some getting used to, but in a country so truly dynamic and vibrant the benefits of that change of pace are clear to see.

One of the first places I visited upon arriving in Korea was the shopping district in Seoul called Dongdaemun. Immediately after exiting the subway station, it was surprising to see the number of merchants selling all kinds of trinkets, toys, socks, purses, wallets, shoes, clothes, jewelry, food and even animals. Merchants were crammed so tightly together on the sidewalk but still easily doing brisk business with the shoppers who had stopped to ask questions, bargain, and make purchases. It was almost a bit overwhelming and I didn't know where to start, realizing this was not the kind of place one travels to with the intention of buying one or two specific items. Around every corner were piles of merchandise and clothes with a salesman shouting out the day's special deals while dozens of people rummaged through the pile looking for their size or the right color.

A friend who was a seasoned professional at navigating the crowds suggested visiting one of the many department stores, all of which, any foreigner quickly notices, have large stages outside for performances, usually by break-dancers or lip-synching pop groups. After glancing at a few of the shows, and the crowds watching them, you see that a day of shopping in Korea provides one with a multimedia form of entertainment in addition to an opportunity to just buying some new clothes. The department stores themselves are hardly comparable to a standard Nordstrom's with a doorman and a piano player. Each floor is neatly divided into multiple stalls for different vendors, the walls of which have shirts hanging on them up to the ceiling and with tables stacked with heaps of denim. While a little more organized and quiet than the pandemonium outside, it's still striking how much commerce is being done in such small spaces. With all the lights, music, shouting salespeople, rummaging shoppers, and endless crowds, the idea of Korea as a dynamic nation started to make a lot of sense.

But despite what some westerners might assume about Asian countries like Korea and Japan, not all of the energy here seems to be devoted to consumerism and making money. For instance, when driving north from Seoul toward Dongducheong early one morning last winter, I was surprised to see a group of what looked like more than a hundred older Koreans dancing and doing aerobics in precision movements, led by an instructor at the front with a mouth-piece microphone. That sight would have been remarkable in and of itself, but then a mile to the north there was another formation. Another mile further and there were more. The dedication they were showing made my coworkers and I chuckle. It was below freezing and nowhere close to dawn - the kind of morning we would drag ourselves out of bed only by way of force. But certainly these people weren't compelled to attend these exercise sessions. That they did spoke volumes. Later on during my time here as my unit began to conduct physical training runs on the paths that runs along the Han River, I encountered similar phenomena. Even before sunrise, the paths were always full with people running or walking, but always moving and always smiling. The impression I got was that Koreans were not the type of people to amble through life. The energy and vitality of their society is always on display.

Another part of life in Korea that clearly shows a certain high level of dynamism is the amount of change that's evident. The airport at Incheon, the first entry point for any newcomer, is a good example of how things have obviously improved. Being so obviously new, the airport gives every traveler the impression this is a nation on the up and up. Make the trek into Seoul, or any other city here, and the impression is quickly confirmed. Construction cranes are everywhere, erecting impressive office buildings and brand new condominiums. One can deduce that with all this growth and development that life in Korea today is far different than it was only a few years ago and also far different from how it will be in the near future. One learns that life here means getting used to relentless change and progress, even if it comes with a few growing pains.

American President John F. Kennedy once said that "The wave of the future is not the conquest of the world by a single dogmatic creed but the liberation of the diverse energies of free nations and free men." Korea today is undoubtedly mindful of its history and the role it played in Cold War struggles. But the result of that war and Korea's story today is much broader and more important than any fight between democracy and communism. It is the story of an energy unleashed and a passionate people made free to build their own country, and their own lives, as they saw fit. What they created, and the lifestyle they now live, is truly unique in the world and certainly lives up to the slogan they advertise of a "Dynamic Korea."

역동적인 한국

아론 슈위터스 일병
미8군 군사법정 속기사

　‘놀라운 인도’, ‘순수의 뉴질랜드’, ‘자연의 네팔’, ‘역동적인 한국’, … TV를 켜면 세제 광고만 나오던 예전과는 달리 전 세계 각 국가들이 이미지 광고를 내보내는 것을 볼 수 있다. 대부분의 슬로건은 너무 단순하다. ‘놀라운 인도’ 같은 것을 보면, 사실 꼭 인도가 아니더라도 오랜 역사와 10억이 넘는 인구를 가진 나라라면 으레 ‘놀라운 것’ 정도는 있을 것이다. 그러나 모든 국가 브랜드 광고가 이같이 피상적이지만은 않다. 한국에서의 1년을 돌이켜 볼 때 한국의 슬로건은 다른 것들과는 달리 가슴에 와 닿는 면이 있다. 한국에서의 삶은 약간의 익숙해지는 과정이 필요하지만 이 나라의 역동성과 활기는 그 과정을 충분히 가치 있게 만들어 주었다.

　내가 처음 한국에 도착해서 찾았던 장소 중 하나는 동대문의 쇼핑

센터였다. 지하철역을 나서자마자 그곳에서 모든 종류의 장식품, 장
난감, 양말, 핸드백, 지갑, 신발, 의류, 귀금속, 음식 및 애완동물을 팔
고 있는 상인들을 보고 나는 크게 놀랐다. 상인들은 인도에 빽빽하게
자리를 잡고 있으면서도 열심히 지나가는 사람들의 물음에 대답하고,
흥정하고, 물건을 팔고 있었다. 나는 분위기에 압도되어서 어디에서
시작해야 할지 몰랐지만, 곧 이곳이 특정한 한두 개의 물품을 사러 오
는 그런 장소가 아니라는 것을 느꼈다. 모든 골목마다 수많은 상인들
과, 옷과, 오늘의 특별 할인을 외치는 판매원과 그리고 사이즈와 색상
을 찾는 수많은 사람들을 볼 수 있었다.

인파 속을 헤쳐 나가는 데 익숙해진 한 친구가 백화점 중 한 곳을
둘러보자고 제안했다. 어느 외국인이라도 바로 알아 볼 수 있는데, 모
든 백화점 바깥에는 브레이크 댄스나 립싱크 가수들이 주로 공연하는
큰 무대들이 있었다. 백화점 앞의 공연들과 그곳에 몰린 인파들을 보
면, 한국에서의 쇼핑은 새 옷을 사는 것뿐 아니라, 멀티미디어적인 즐
거움을 추구하는 과정이 될 수 있음을 알 수 있다. 이곳의 백화점은
보통 점원 한 명과 피아노 연주자가 있는 미국의 노드스트롬 백화점
의 분위기와는 아주 다르다. 각 층은 여러 개의 점포들이 설치될 수
있도록 깔끔하게 구획되어 있고, 벽에는 셔츠들이 천장까지 걸려 있
으며, 청바지들이 가득 쌓여 있는 테이블도 있었다. 정신없는 바깥 상
권보다는 약간 정돈된 분위기이지만, 이렇게 작은 공간에서 바삐 상
품 거래가 이루어진다는 사실은 여전히 놀라웠다. 조명, 음악, 소리치
는 판매원, 이것저것 뒤적이는 고객들, 그리고 끊임없는 인파는 내게
'역동적인 한국' 이라는 단어의 의미를 점점 일깨워 주었다.

한국이나 일본 같은 아시아 국가들에 대한 일반적인 생각과는 다

르게, 이곳의 에너지는 상업이나 경제적 측면에서만 나오는 것은 아니었다. 예를 들어 지난 겨울 서울에서 동두천을 향해 운전해 가고 있을 때, 그곳에는 족히 백 명이 넘어 보이는 한국 노인들이 앞에서 마이크를 든 강사의 지도에 따라 정확한 움직임으로 에어로빅댄스를 연습하고 있었다. 이것은 나에게 굉장히 놀라운 경험이었는데, 북쪽으로 1마일 정도 더 올라가자 또 같은 광경을 볼 수 있었고, 계속 지나갈수록 더 많은 모습들을 볼 수 있었다. 나와 내 동료들은 그들의 열정에 감동했다. 온도가 영하로 떨어진 새벽에 우리라면 알람시계 없이는 절대로 일어나지 못했을 그 시간에 그들은 이 운동 수업을 빠짐없이 참석하고 큰 소리로 따라하고 있었던 것이다. 훗날에 우리 부대는 한강을 따라 달리기하면서 체력훈련을 하곤 했는데, 그때도 비슷한 모습들을 자주 볼 수 있었다. 해가 뜨기도 전에 달리기나 걷기를 하는 사람들로 보도가 가득하였지만, 그들은 모두 즐거운 얼굴이었다. 나는 한국인이 삶을 여유 있게 즐기는 민족이라고 생각하게 되었다. 그 사회의 에너지와 활력은 어디서나 발견할 수 있었다.

한국의 큰 역동성을 분명히 보여준 또 하나의 측면은 바로 변화의 속도다. 한국 방문객이라면 누구나 처음 도착하는 인천국제공항은 한국이 얼마나 발전해 왔는지를 보여주는 좋은 예다. 이 공항은 매우 최신식인데 이를 통해 모든 여행객들이 이 나라가 발전에 발전을 거듭하고 있다는 것을 느끼게 해 준다. 서울이나 혹은 어떤 도시를 방문하게 되면 이러한 첫인상은 더욱 분명해진다. 수많은 공사현장에서는 멋진 업무용 빌딩과 최신 콘도미니엄을 건설하고 있다. 이것은 몇 년 전의 한국과는 분명히 다른 모습이고, 가까운 미래에는 또 다른 변화된 모습을 볼 수 있을 것이다. 이곳에서의 삶은 끊임없는 변화와 발전에 익숙해지는 과정이라고 보아도 될 듯하다. 약간의 성장통이 있더라도 말이다.

케네디 대통령은 "미래의 물결은 하나의 사상이 전 세계를 정복하는 것이 아니라 자유 국가와 자유인들이 다양한 에너지를 방출하는 것"이라고 말한 적이 있다. 한국은 그들의 과거, 그리고 냉전 상황에서의 역할로부터 많은 교훈을 얻었다. 그러나 한국전쟁의 결과로 오늘날 우리는 민주주의와 공산주의의 어느 분쟁에서도 볼 수 없었던 방대하고 엄중한 모습들을 보고 있다. 바로 자유 국가를 건설하기 위한 사람들의 에너지와 열정에 관한 이야기다. 그들이 이룩한 것과, 지금 그들이 살고 있는 모습은 세계에서 좀처럼 보기 드물며 '역동적인 한국'을 더욱 의미 있게 만들고 있다.

주한미군 한국생활 체험수기 공모
Essay Contest in Life in Korea

- 역대 수상자 -
Past Winners

2006

Grand Prize | 대상

〈Reaching Out and Making a Difference〉
CW4(P) Teddy C. Datuin

〈마음을 열면 다른 세상이〉
테디 C. 다투인 일등준위

First Prize | 1등

〈A Home Away from Home〉
Kathleen Ruth Gines Walsh

〈가족을 떠난 새로운 터전〉
카트린 루드 진 월쉬 여사

〈Watercolor Korea〉
Michelle Valcourt

〈수채화 같은 한국〉
마셸 발코우트

Second Prize | 2등

〈The Three Heroes in My Travel〉
PV2 Lee, Ki Yung

〈고마운 세 사람〉
이기영 이병

〈A Story to Tell5〉
Susan Davis

〈들려주고 싶은 이야기〉
수잔 데이비스 여사

〈Limitless Identity〉
Jane Burch

〈구속 없는 자아의식〉
제인 버취

2005

Grand Prize | 대상

〈Married to the Clan〉
MSgt Christopher J. Wachter

〈전통 대가족 집안과의 결혼〉
크리스토퍼 J. 워처 상사

First Prize | 1등

〈Korean Service: The Ties that Bind〉

MAJ Laura B. Bozeman

〈한국 근무로 맺은 인연〉

로라 B. 보우즈만 소령

〈The Subway〉

Bobbi Kubish

〈지하철〉

보비 쿠비쉬

Second Prize | 2등

〈Korea: A 21st Century Dynamism〉

CSM Yolanda Lomax

〈21세기 한국의 역동성〉

욜랜다 로맥스 원사

Second Prize | 2등

〈The Rooster〉

SPC Bryce H. Guillot

〈수탉〉

브라이스 H. 길로 특기병

〈A Spoonful of Korea Leads to More〉

Patricia G. Warden

〈한국에서의 교훈〉

패트리샤 G. 워든 여사

〈Wonderful Experiences〉

CW5 Geraldine Bowers

〈훌륭한 경험〉

제랄딘 보워스 일등준위

2003

Grand Prize | 대상

〈Namsan Tower〉

CW4 John J. Corkhill

〈남산타워〉

존 J. 코크힐 준위

First Prize | 1등

〈If You Really Want to Understand a Man〉

CPT Marilyn V. Keene

〈당신이 진실로 어느 한 사람을 이해하고자 한다면〉

마릴린 V. 킨 대위

〈Reunion〉

SFC Scott A. Heise

〈재회〉

스코트 A. 헤이스 일등중사

Second Prize | 2등

〈Our Friends In War and Peace〉

PV2 Msriaester Basulto

〈전시나 평시나 우리는 친구〉

마리아에스터 바술토 일등병

〈My Life as a Korean American Soldier in
 a Foreign Country〉

SSG Robert Kim Purvis

〈한국계 미군이 겪은 한국생활체험〉

로버트 김 퍼비스 상사

〈Manjokhamnida〉(Contentment · Satisfaction)

MAJ Charles N. Fluekiger

〈만족합니다〉

찰스 N. 플루키거 소령

2002

Grand Prize | 대상

〈Wasu-ri 〉

PFC William L. McLaurin

〈와수리〉

윌리엄 L. 맥클러린 일병

First Prize | 1등

〈I am Korean in Sprit 〉

MSG Robert E. Lucero

〈나의 마음은 한국인〉

로버트 E. 루쩨로 상사

〈Life in Korea, A Wonderful Experience!〉

SFC Catherine V. Otts

〈멋진 체험, 한국생활〉

캐서린 V. 오츠 일등중사

Second Prize | 2등

〈My Korean English Class of 2002〉

MAJ Richard Lei

〈2002년 나의 한국 영어교실〉

리차드 레이 소령

〈Growing with Korea A Country and A Man〉

CW3 David A. Boshans

〈한국과 더불어 성장하다〉

데이비드 A. 보산스 준위

〈Water Then Worship〉

SGT Richard Graham

〈억수 같은 물벼락과 예불〉

리차드 그레이험 병장

2001

Grand Prize | 대상

〈Interesting and Educational Life in Korea〉

PFC Joshua Curtis Ray

〈신기한 한국 생활〉

죠슈아 커티스 레리 일병

First Prize | 1등

〈Where were You?〉

1st MSG Gregory K. Hamill

〈당신은 어디에 있었는가?〉

그레고리 하밀 일등상사

〈Korea is What You Make of It〉

PFC Jennifer A. Piva

〈한국, 바로 내가 만들기 나름〉

제니퍼 A. 피바 일병

Second Prize | 2등

〈Interesting Experience in Korea〉

NCO Christine B. Henry

〈Power of U.S. Army〉

PFC Edgar R. Gonzalez

〈미 육군의 힘〉

에드가 R. 곤잘레스 일병

Second Prize | 2등

〈'Trees of Freedom' in Sea of Blood〉

MAJ Karl D. Porter

〈피로 일궈낸 '자유의 숲'〉

칼 D. 포터 중령

〈No Longer A Stranger〉

SFC Randall S. Pryor

〈이제 이방인이 아니다〉

랜달 S. 프리어 중사

〈A Shield for Stability and Freedom〉

CPT Kwang Uk Chung

〈자유와 안정을 지키는 방파제〉

정광욱 대위

1999

Grand Prize | 대상

〈Cultural Tradition〉

SFC Thomas 'David' Clanton

〈문화적 전통〉

토머스 클랜턴 중사

First Prize | 1등

〈Teaching is a Two - Way Street〉

CPT Anthony J. Alfidi

〈가르치는 것은 쌍방 통행〉

앤터니 J. 알피디 대위

〈My Hometown〉

CPT Lance Oskey

〈나의 고향〉

랜스 오스키 대위

Second Prize | 2등

〈Twelve Years of Blessing〉

SFC Atanacio DelVelleReyes

〈축복 받은 12년〉

아타나시오 델바이예레스 중사

〈Peaceful Friendship〉

Specialist Christopher C. Butler

〈평화스러운 우정〉

크리스토퍼 C. 버틀러 하사

〈A Memories of Marriage〉

CPT Gary J. Cregan

〈결혼식 날의 추억〉

게리 J. 크레간 대위

1998

Grand Prize | 대상

〈Caterpillar Lost, Butterfly Found〉

SGT Willam C. Woodward

〈허물을 벗고〉

윌리엄 C. 우드워드 하사

First Prize | 1등

〈Batter up〉

SFC Charles H. Meirer

〈타자는 타석으로〉

찰스 H. 마이어 중사

Second Prize | 2등

〈My Wife's Tear〉

SFC Roger D. Janes

〈아내의 눈물〉

로저 D. 제인스 중사

1997

Grand Prize | 대상

〈Holding Hands and Sticking Together〉

CPT Mary E. Card

〈손을 맞잡고 붙들어 주는 것〉

메리 E. 카드 대위

First Prize | 1등

〈A year in the Land of Morning Calm〉

SSG Timothy A. Snyder

〈조용한 아침의 나라에서의 1년〉

티모시 A. 스나이더 하사

Second Prize | 2등

〈What Are We Doing Here?〉

2LT Clete D. Johnson

〈우리는 이곳에서 무엇을 하고 있는가?〉

클리트 D. 존슨 소위

1996

Grand Prize | 대상

〈Wall Around 'Little America'〉

CTP Ralph R. Judkins Ⅲ

〈'작은 미국'을 둘러싼 벽들〉

랄프 R. 저드킨스 Ⅲ세 대위

First Prize | 1등

〈To Fill in the Gap of Unfamiliarity〉

SSG Melvin D. David

〈낯선 틈새를 이어주는 가교가 되어〉

멜빈 D. 데이비드 하사

Second Prize | 2등

〈A Country Full of Hopes and Dreams〉

PFC Stacey C. Mitchell

〈꿈과 희망으로 가득찬 나라〉

스테이시 C. 미첼 일병

〈My Korean Exploration〉

PFC Diana C. Lamb

〈나의 한국 탐사〉

다이애나 C. 램 일병

1995

Grand Prize | 대상

〈"Life is what you make it"〉

SGT Raymond K. Brown

〈"인생은 스스로 창조해 나가는 것"〉

레이몬드 K. 브라운 하사

First Prize | 1등

〈Concrete Markers Forever〉

LTC(R) Robert P. Schofman

〈잊을 수 없는 사람들〉

로버트 P. 스코프만 중령

1994

Grand Prize | 대상

〈A Vision of Korea〉

CPT Karl L. Allen

〈한국의 영상〉

칼 L. 알렌 대위

First Prize | 1등

〈Small Potatoes〉

MAJ David A. Camichael

〈작은 감자들〉

데이비드 A. 카마이클 소령

Second Prize | 2등

〈Culture Diversified〉

Ms. Kimberly Dickman

〈문화의 다양성〉

킴벌리 디크맨 교사

Third Prize | 3등

〈My Personal Experiences in Korea〉

CPT Thomas R. Lovas

〈나의 개인적인 한국 체험〉

토머스 R. 로바스 대위 I .